跑 步 > > >

向 着 光 的 方 向 > > >

## 跑 步 > > >

向着光的方向 > > >

跑　步　＞　＞　＞

向 着 光 的 方 向 > > >

# 跑步，向着光的方向

Running towards the Light

李寅初／著

文化发展出版社
Cultural Development Press

图书在版编目（CIP）数据

跑步，向着光的方向 / 李寅初著 .—北京：文化发展出版社有限公司，2016.11
ISBN 978-7-5142-1550-2

Ⅰ . ①跑…　Ⅱ . ①李…　Ⅲ . ①随笔 – 作品集 – 中国 – 当代　Ⅳ . ① I267.1

中国版本图书馆 CIP 数据核字（2016）第 269163 号

**跑步，向着光的方向**

李寅初 / 著

策划编辑：肖贵平　　责任编辑：孙　烨
责任校对：岳智勇　　责任印制：孙晶莹
出版发行：文化发展出版社（北京市翠微路 2 号　邮编：100036）
网　　址：www.wenhuanfazhan.com
经　　销：各地新华书店
印　　刷：三河市兴达印务有限公司

开　　本：880 × 1230 毫米　1/32
字　　数：132 千字
印　　张：6.5
印　　次：2017 年 3 月第 1 版　2017 年 3 月第 1 次印刷
定　　价：38.00 元
I S B N：978-7-5142-1550-2

# 目　录
contents

## 第三章　跑步是一场永无止境的修行　085



## 第四章　故事里始终都有爱　105

“操场就在宿舍楼下，红色的塑胶跑道上，有一些三三两两来锻炼的老人。围墙边种满了高大直立的水杉，一阵风刮过，树叶落满一地。”

# #01

# 开始跑吧

○○○○

# 弃赛的跑者

天边的雾气还没有散尽。在一片白茫茫的雾气里，黑色的柏油公路一直向前延伸着，影影绰绰，仿佛没有尽头。倘若有人能够站到白云之上，俯身低看，一群身着鲜绿色 T 恤的人正跑在路的中央，也许会以为是正在前进的急行军。这是深秋时节的巢湖之滨，我们不是在出征，而是在跑步。这已经是 20 天里我的第 3 个全程马拉松了。上两次全马分别是在北京和上海，我都顺利地跑完了。这一次站到起跑线上，我不仅没有感到疲惫，反而感觉双腿充满了力量，迫不及待地等待发令枪响。我的状态正佳，觉得自己一定会跑出一个好成绩，刷新 PB（个人最好成绩）。

枪声响起，一切顺利。滨湖的空气有些湿润，微风拂过小腿，一阵凉意清爽爽地漫过全身。脚下的公路宽阔平直，坡度起伏小，正是一条十分理想的马拉松赛道。我的呼吸很平稳，步伐节奏也不错，当 10 公里标牌被甩到身后的时候，我看了下腕表，只用了 45 分钟。按照这个配速跑下去，三个半小时我就能跑完全程，这将大幅刷新我的个人最好成绩。

11 公里、12 公里、13 公里……每隔 1 公里，赛道旁便出现一块竖立着的里程碑标。我在心里默默地数着里程，不时窃喜：跑马 3 年多了，一直突破不了 4 小时的瓶颈，想不到今天就要在合肥的巢湖之滨跨过这道坎——也许是主场之利吧，毕竟我曾在合肥生活过 7 年。这里算是我的半个老家。11 年前，我第一次离开家乡来到合肥，在这里读书、工作，前后长达 7 年，那是我一生中最自由自在的青春时光。后来虽然离开了这里，天南海北居无定所，但总会想起发生在这里的点点滴滴，一有机会，就会回来转转。这一次自从得知合肥将要举办马拉松比赛，我隔三岔五就会上网搜索各种消息，生怕错过报名时间。

饮水站到了，我放缓了脚步，从志愿者的手中接过两杯纯净水，小口地抿着。喝完水，走出饮水站，准备再次起跑时，左腿膝盖突然传来一阵一阵的酸疼，好像有一根锈迹斑斑的铁针插在骨头缝里来回不停地摩擦，“叽呀叽呀”吵个不停。我试着蜷起左腿，一拐一跳地走了几步，酸痛没有消失，那根铁针磨得更快了。

“需要帮助吗？”一个穿着红色马甲的志愿者问道。绿化带旁边每隔几百米就站着三三两两的志愿者。他们细心地注视着人群，在准备随时提供帮助的同时，也似乎随时准备发现那些意志薄弱，有可能弃赛的跑者。

“不需要！”倚靠着路灯杆，我摆摆手，勉强挤出一个微笑。“放松，不要紧张。”“这只是暂时性的疼痛，忍一下就过去了。”我一边拍打小腿有些紧绷绷的肌肉，一边在心里安慰自己。几分钟之后，疼痛好像缓解了一点，我决定再次起跑。毕竟，我千里迢迢地从南京跑到合肥来，是为了完成比赛，而非坐在收容车上看风景！

15 公里、16 公里、18 公里……就这样一瘸一拐地向前“跑”着。我时不时停下来，走几步，拍打膝盖、按摩大腿，然后再跑、再走，周而复始。20 公里到了。疼痛就像会传染的病毒，右边的膝盖也开始叫唤起来，大腿也隐隐作痛，肌肉一抽一抽的，随时就要抽筋似的。

忍着疼痛继续跑，我提醒自己，极点即将到来。在长距离奔跑中，跑者会经历一个持续性的难受期，呼吸困难，肌肉僵硬，肚子疼，意识恍惚……这就是俗称的“撞墙”。撞墙，这个词太形象了，一堵高墙严严实实地挡在公路中央，你迎头跑过去，“砰”，回声沉闷，高墙纹丝不动。你鼓起余力，毫不气馁，再撞，“砰”，回声更大了，但是墙依然连一丝晃动也没有，而且看起来它似乎比原来站得更稳了，仿佛在嘲笑你的徒劳。有勇气者，会一遍又一遍地鼓起勇气撞上去，要么墙塌，要么人“亡”；气馁者，只能望墙兴叹，打道回府了。

21 公里，22 公里，“墙”终于来了。胸闷，呼吸不畅，汗水也密集起来，我好像跑在一座高高的山顶上。我的步子越迈越小，膝盖越来越痛，信心的崩溃悄然开始了：“究竟要不要放弃？这个月已经连跑了两场，留得青山在，不怕没柴烧，还是休息休息吧。下午还要赶回去上班，周一还要开会，方案还没做……”七嘴八舌的噪声一起涌进大脑，翻江倒海一般嗡嗡作响。

我的合肥之旅说到这里，似乎也应该有一个完美的结局：因为坚持，我撞倒了“墙”，成功熬过了剩下的赛程，完成了 1 个月里 3 次全马的疯狂之旅。就像童话里说的那样，丑小鸭变成了白天鹅，公主最后嫁给了王子。

但是，很不幸，我失败了，我没能穿过那堵“墙”。跑过 23 公里路标之后，每一次弯曲膝盖，抬腿迈步，我都疼得龇牙咧嘴。仅仅犹豫了几秒钟，我就彻底停了下来，小心地避开那些擦身而过的跑者，一瘸一拐地穿过赛道，走向公路另一侧的白色帐篷——那是本次马拉松赛的医疗点，也是收容点。

“你要退出比赛吗？”看我走近，又一个穿着红色马甲的志愿者问道。

“是的。”10 分钟以前，我还在嘲笑那些半路放弃的跑者，觉得自己永远不会沦落到退赛的地步。10 分钟以后，我就用气若游丝的“是的”两个字狠狠地打了自己一个耳光。

志愿者捏住T恤上的号码牌，小心地拆线——我的号码牌是缝在T恤上的。昨天晚上临睡前整理行装时，我才发现丢失了固定号码牌的别针，最后跑了两站地，才找到一个卖衣服的摊贩大婶，借了针线缝上了号码牌。号码牌拆完，志愿者微微笑了一下，什么话也没有说，就这样拿着号码牌，一言不发地转身走开了。

我愣住了，她的微笑里似乎有些同情，又有些见怪不怪。一个有些微胖，束着红色发带的女跑者从我的身边跑过。她皱着眉头，“呼哧呼哧”地喘气，步幅很小，比常人走路快不了多少。我盯着她的背影，膝盖似乎没有那么疼了，针刺的声音也消失了，呼吸有些闷，仿佛身在一座空荡荡的大房子中央，伸手想要摸一摸墙角的窗户，却怎么也摸不到。我很想追上去，喊住正在越走越远的志愿者，拿回号码牌，重新回到赛道上。但这是不可能的，赛事的规则是：一旦选手被收缴了号码牌，就必须立刻离开赛道，以免干扰到其他选手。志愿者扯下我的号码牌的那一刻，就意味着这场马拉松与我没有关系了。

3年跑了20多场马拉松，这是我第一次中途弃赛。那一天，我沿着赛道边的人行道走了很久，一个又一个跑友从我的身边跑过。他们的表情或者轻松，或者痛苦，或者大声呐喊，互道加油，或者低头不语，默默奔跑。“没有经历过弃赛的跑者，不是一个完整的跑者。”看着那些擦身而过的身影，我只能在心里这样默默地安慰自己。

为什么会半路弃赛？在回家的高铁上，我一遍又一遍地回想整个弃赛经过，试图找出一个可以心安释然的理由。是因为战术失误吗？前半程跑得太快，体力分配失衡，太早地遇到了“墙”，然后就顺其自然地“崩”了。再或者，是因为太疲劳了？跑合肥马拉松之前，我在半个月里连续跑了北京和上海两地的全马，中途还跑去扬州玩了两天。北京、上海、扬州、南京、合肥五地来回奔波，能不疲劳吗？

在我最初开始跑马拉松的时候，曾有人告诉我，世界上最顶尖的马拉松跑者一年里只会跑两到三次全马，其余的时间都是在训练和休息。一般说来，要想全马跑出一个好成绩，赛前 15 天就要开始大幅度减少跑量，我却在半个月里连跑了两场，五地奔波。这就好像厨房的水龙头松了，我拿出扳手，原本只是想稍微紧一紧螺丝，但结果一下用力过猛，拧花了螺纹，彻底搞坏了水龙头。

这些都是弃赛的理由。但是，我隐约感觉到，这些显而易见的原因也许都是借口。我已经有 5 年跑龄了，大大小小的马拉松赛跑了 20 多场。和那些动辄跑了一百场马拉松的“百马王子”相比，我算不上是个经验丰富的跑者，但也绝非穿着篮球鞋上跑道的新手。以往的经验告诉我，每一次长距离路跑赛时，我的膝盖都会疼痛，大腿也会抽筋，但只要咬紧牙关，想一想那些美好的事情，熬一熬就会挺过去。更何况，这一次合马退赛的时候，我已经跑过了一半的路途，时间还非常充裕，倘若我多上那么一点点毅力，慢慢走着，也能在关门时间内走到终点，远不至于半途退赛。原因的原因就算不上原因，骨子里我也许还是个缺少毅力的人吧，我在心里问自己。

合马归来之后休息了几天，我重新走上操场跑道，开始为年底的厦门马拉松做准备。厦马的赛道被誉为大陆最美的马拉松赛道，一路依山傍海，风景如画。我已经向往很久了，终于有机会将它列为今年的收官之战。然而，恢复训练没多久，有一些奇怪的事情发生了。每当我重新穿上跑鞋，独自上路的时候，心里总会滋生一种若有若无的焦急感，仿佛有一层白蒙蒙的雾气蒙在心上，徘徊不散。常常是路程还没有跑到一半，就急切地想要结束训练，满满的都是烦躁不安。终于跑完了计划的里程，结束的那一刻整个人就像虚脱了一般，心里猛然感到空荡荡的，回到家洗完澡，躺在沙发上连电视都懒得看，有好几次就在沙发上躺到了天亮。

这种奇怪的状态持续了半个多月，我一直以为是因为合马退赛而带来的沮丧。一天下午，我去玄武湖练跑。跑过城墙边的一排水杉的时候，我才突然恍然大悟——自己一定是在经历一个特殊的时期：跑者低潮。村上春树在《当我谈跑步时，我谈些什么》中曾详细地描述过这种状态：虽然每天照常出门跑步，但是没有以前那样热衷了，心里被一些说不清道不明的思绪笼罩着，成绩也起起伏伏。他将其称之为“跑者蓝调”。

我很难相信自己这么早就遭遇了低潮。婚姻有七年之痒，跑步也可以有七年之殇，但结婚一两年就闹离婚的毕竟少见，我开始跑步不过数年，这样的事情应该发生在那些有更长跑龄的跑者身上。

接下来的日子，我依然是每隔两天就出门跑上几公里。有时候我觉得那层白蒙蒙的雾气在凝结，阴沉沉地要下雨；有时候又觉得马上就要云开雾散了，阳光会重新普照大地。当初那种即使每次跑到筋疲力尽，也仍兴冲冲地等待着下一个下坡加速的冲动不见了；那种刚跑完一场比赛，就急切地计划下一个远行的饥渴不见了。就好像是一个饿得太久的乞丐，突然遇到了一桌免费大餐，于是放开胃口拼命地吃，最后吃到撑，以后很久很久都提不起食欲。

我分外想念四年前第一次走上马拉松赛道时的那种饥饿感。那种可以一口气吃下十个馒头，喝再多的冰水也不解渴，跑再久的路程也不觉得疲倦的饥饿感。那种饥饿感本该如影随形，就像麦当娜说的那样：年轻人没有什么好，但他们能在床上做上整整一天的爱。四年前我在准备第一次马拉松的一整年里，除了跑步，我的脑子里也根本就容不下其他事情。

# 阿甘一生的奔跑，在心中闪电一般掠过

每一次挤在人群里，当双脚跨过起点线，结结实实地踩到跑道上之时，我总忍不住想起决定要跑步的那个下午。那是2010年，我刚到上海读研没多久，许多书没有读过，许多问题也不知道答案，每天都好像在背负着几十斤的沙袋在走路。我常在深夜翻读档案之际，感到一丝莫名的慌张，不知何去何从。

四月一个周末的下午，室友们约会的约会，回家的回家，我一个人窝在宿舍里，盯着电脑屏幕胡思乱想。桌子上堆了一摞资料，一本都懒得翻，下周就要交的论文，才刚刚开了个头，死活也写不下去。百无聊赖之际，我忽然想起电脑里还存有一部高清版的《阿甘正传》。上一次看“阿甘”还是两年前，那时我刚决定辞职考研，心情虽然也很低落，但没有今天这样惘然。

这部电影存了很久了，一直想再看一遍，却总是记不起。其中我最喜欢的一个桥段是：阿甘从军以后，仍然经常去看珍妮的演出，在一个暧昧的色情酒吧里，半裸的珍妮在台上弹着吉他唱歌，一身戎装的阿甘，这个单纯的白痴，就这么静静地站在台下，眼光中满是柔情。

How many roads must a man walk down?
Before they call him a man?
How many seas must a white dove sail
Before she sleeps in the sand?
……

珍妮弹唱的是鲍勃·迪伦的经典反战名曲 *Blowing in the Wind*。和鲍勃·迪伦的原唱相比，珍妮的弹唱更具有一种 20 世纪 60 年代的伤感迷惘。可惜电影里她没能从头至尾唱完整首曲子。歌声未毕，一个吃豆腐的酒客就打断了她。每次看到这个片段，我都会停顿良久，找出 *Blowing in the Wind* 听几遍。

既然这个下午很无聊，不如就趁此良机重看一遍吧，我心里想着，手指滑动鼠标，点开了“阿甘”。一片洁白的羽毛在空中轻轻柔柔地随风飘荡，空灵的钢琴声中，坐在长椅上的阿甘拾起羽毛，喃喃地说起自己的故事……

“Run！Forrest！Run!”珍妮的喊声穿透银幕。幼年的阿甘遭到顽童欺凌，他奋力地向前奔跑。几乎是在一刹那，阿甘一生的奔跑，在我的心中闪电一般划过。阿甘飞奔起来，一直向前跑，跑掉矫正器，跑过欺凌，跑过大学的绿茵场，跑过战火纷飞的热带丛林，跑出阿拉巴马的房子，跑在蓝天白云的湖边，跑在漫漫荒野的66号公路上……

何不练习跑步？像阿甘一样，迈出双脚，跑起来！这个突然蹦出的念头吓了我一跳。我上一次认认真真地跑步，还是在10年前的学校运动会上。在同桌的“怂恿”下，我报了3000米长跑。记得前3圈，我还信心满满地跑在领先的第一集团里，但第4圈一过就风云突变，我眼巴巴地看着一个又一个的选手绝尘而去，留下一个个远去的背影。在“咬牙切齿”中坚持跑完了8圈后，瘫软的我被两个室友一左一右架回了宿舍。后来的一个星期里，我的两条腿又酸又胀，上下楼都是挪一步，歇一步。上大学以后，虽然也热衷体育活动，经常踢踢足球，但高中那场运动会的记忆实在太过惨痛，我再也没有跑过3000米以上的长跑。

为何会突然心生跑步的念头，当时我也搞不懂，很久以后我才明白，这样的念头也许突然，但并非毫无来由，就像魔术师表演空盆来蛇，那条蛇一定就藏在我们看不见的地方。我的这条叫作“跑步”的小蛇，也许在我第一次看《阿甘正传》的时候，就已经孵化了。这么多年我从来没有意识到它的存在，它只是小心翼翼地躲在我内心的一个偏僻角落里，等待着春天的到来。

后来，我常常会想，在我们的一生中，也许有过很多这样的时刻。下雨天，在麦当劳门口偶遇女孩的微微一笑；和老板大吵一通，孤注一掷地在辞职信上签下名字；突然发现母亲鬓角已有暗生的白发，流下眼泪……许多年以后，当我们回过头来时，也许会发现这些当初一闪而过，似乎没有留下一丝痕迹的念头，却像被施了魔法一般，随着时间的流逝，在记忆里越来越清晰，熠熠生辉。这样的时刻，是我们短短一生中的魔法时刻。

第二天一大早，天边还是晨光隐隐的时候，我起床去了操场。操场就在宿舍楼下，红色的塑胶跑道上，有一些三三两两来锻炼的老人。围墙边种满了高大直立的水杉，一阵风刮过，树叶落满一地。

我搓了搓手，向手心哈了一口气，迈出了第一步。塑胶有点软，踩上去有让人跃跃欲试的弹性，情不自禁地要向前冲出第二步。第一圈跑得很轻松，浑身好像有使不完的力气，想一股脑把它榨出来。第二圈，跑道有点轻飘飘的。第三圈，我张开了嘴，心口“扑通扑通”的，大口大口地喘气，汗珠“啪嗒啪嗒”地滴到跑道上。

又跑了两圈，跑第一步时的兴奋，早已消失得无影无踪。两条腿像绑了铅条一样，沉甸甸的，脚心又酸又涩。我张大着嘴巴，吐着舌头呼吸。这个窘样，一定像极了在烈日曝晒下的灰皮狗。这一天连跑带走地完成了六圈。第二天早晨醒来，全身上下，从脚掌到脚踝，从小腿到大腿，再到胯骨、肋骨，都无比酸痛。我的性格里有着不撞南墙不回头的执拗，所以第三天我忍着酸痛，又站到了操场上，一切仿佛是第一天的重演，大口喘气、双腿酸痛、心口“扑通扑通”地跳、汗水“啪嗒啪嗒”往下滴……

此后的日子周而复始，每隔一两天我就会去操场跑几圈，直到两周以后，我才渐渐地感觉到没有那么吃力了，偶尔双腿还是酸痛，但往往第二天就恢复过来了。日子在流逝，距离也在慢慢拉长。有时候是万物初醒的清晨，有时候是霞光挂满西天的黄昏，更多的是在下午三四点钟，看书看到倦意袭来，换上跑鞋，去操场狠狠地跑上几圈。大半个月以后，我也从一次只能跑五六圈，“质变”到一口气可以跑上十多圈了。

不管怎么说，“像阿甘一样去跑步”就像一道闪电，击中了暗夜最深处的湖面，一个气泡，摇摇摆摆，若隐若现地从心底升上来。那道闪电击中的，也许就是我的“魔法时刻”。就像村上春树坐在大学体育场的看台上，看着棒球赛，决定关掉酒吧，从此开始职业写作——他清晰地记得那天下午发生的一切。我也清晰地记得下定决心要跑步的时刻，记得最初在操场上跑过的那些日子，记得自己像一条在烈日曝晒下吐着舌头喘气的灰皮狗的模样。每一次回忆，我都相信那是最初的源头，是我的魔法时刻。

# 梦想的 1/2 是多少

○○○○

“跑一次全程马拉松”的念头是何时有的呢？大概是在跑出第一步之后的两个月吧。那时我已经能一口气跑上 10 公里了，还去学校附近的健身房办了一张卡。有一天上午，我在健身房里跑步，直直地盯着跑步机前的一面大大的玻璃镜子，看着镜中的男人挥汗如雨，心中一动：“既然我已经开始跑步了，干脆就去跑一个马拉松好了。”马拉松，听起来很厉害的样子。不过且慢，它到底是 42 公里，还是 24 公里呢？无论是 42 公里，还是 24 公里，看起来都是一个既陌生又遥不可及的距离……在跑步机上的那半个多小时里，我一直在胡思乱想，犹疑不决。

回到宿舍上网搜索“马拉松”才知道，原来纽约、柏林、东京、伦敦、香港这些大城市早就有了自己的马拉松赛，甚至有许多边陲小镇也不落后！中国大陆每年也有几十场马拉松赛。我身居其中的上海，也会在每年的12月举办马拉松赛，参赛规模高达3万人！上海的马拉松赛与北京、厦门、大连的马拉松赛，并称中国四大马拉松赛事。最让我感到兴奋的是，为了吸引更多的人参加马拉松，很多赛事都设置了丰富的项目，跑不了全程42.195公里，可以报名半程21.0975公里，半程也跑不动，还有短程10公里、迷你5公里可以选择。

在研究一番报名规则后，我还惊喜地发现：大多数马拉松赛参加门槛都很低！低到几乎是零门槛，人人都能报名。就拿2010年上海马拉松的报名资格来说，它的要求很简单，一共只有两条。概括起来，第一条的意思是，无论是谁，只要你持有健康证明和合法身份证明，即可报名。第二条则细化一些，要求只有年满20周岁才能报全程马拉松，报半程马拉松的则需要年满16周岁，并强调有心脏病、心血管疾病、糖尿病等疾病的人不宜报名参赛。

这两条报名要求简单得有点让人不敢相信。坐在电脑前的我，心里有种按捺不住的冲动：既然我已想要跑一次全程马拉松，并且恰好上海就有这项比赛，可谓天时地利俱备！我就报名今年的上海马拉松。上海马拉松的比赛时间定在12月，报名一般在赛前一个月左右启动。从现在起，距离比赛还有6个月，好好练习6个月，应该可以完成一次马拉松！

在网上看那些普通人的参赛故事，那些在终点喜极而泣、击掌拥抱的照片，一块块刻着“42.195公里”字样的完赛纪念牌，我也激动起来，忍不住想象了一番自己在路上奔跑，冲过马拉松终点线的场景。那会是什么样的感觉？风的指尖会划过面颊，亲吻我的耳膜吗？阿甘在美国的大地上跑了3年2个月14天又16小时，四度横穿美国才停下脚步。也许，将来有一天，我也能有机会去跑一跑阿甘跑过的66号公路呢！

半年之后，等我真的站到马拉松跑道上，才切身地感受到和足球、篮球那些颇为大众的运动相比，马拉松才算是一个真正狂欢性的体育项目！在这里，每一次比赛都有成千上万的跑者参加，最普通的业余爱好者可以与最顶尖的专业运动员同场竞技。在现场为选手加油打气的观众可以有几十万，甚至数百万之多，整个城市为你欢呼。

那一年接下来的日子，我信心满满地开始准备6个月后的上海马拉松赛。我跑得越来越多，论文的烦恼也暂时抛在了脑后。我的胃口也越来越好，每一天接近午夜的时候，总是忍不住要跑到楼下的小卖部买上两个茶叶蛋和一个蛋黄粽，有时候还要泡上一桶泡面。奇怪的是，虽然在饮食上并不节制，也不讲究健康，但腰上的那一圈赘肉却在慢慢削减。

在网上找了一个训练计划，按照计划，只需要坚持18周就可以跑完马拉松，我也基本上是按照18周的节奏在训练。但是世上不如意事常十之八九，悲剧总在悄无声息中到来。在起跑后不到两个月，我就能一口气跑15公里了。对于一个新手，一个差不多已经有10年没有认真跑步的人来说，这个进度太快太心急了。在一次绕着学校操场跑完30圈后，我的膝盖隐隐作痛起来。

屋漏偏逢连阴雨，那几天又正逢南非世界杯，学校里的足球氛围一下子热起来，平时空荡荡的球场，也常有三三两两的人踢球。我也一时脚痒，跑去踢了几回。我们是师范类学校，女生多，男生往往也很“温柔”。但每到周末总有许多校外的人来学校踢球，这一次就是跟着一群刚刚退伍的消防兵踢球。一个趟球加速时，后卫一脚踢到我的左边小腿，“咚”，我当场倒地，一股钻心的疼从骨头深处火箭一般蹿上来。去校医院拍了片子，虽然没有骨折，但小腿已经瘀青了一大块，需要休养大半个月。

跑步是世界上最流行、也是最古老的运动，很可能也是受伤率最高的运动。俗话说：跑步百利，唯伤一膝。每次脚掌着地，膝盖承受的重量是体重的三倍。几乎有半数跑者都有过受伤的经历，而且几乎无一例外都是伤在膝盖。在一瘸一拐地回宿舍的路上，看着球场上飞奔的少年，我想起了曾经的偶像罗纳尔多。在他的巅峰时代，进球如麻，万千军中，如拾草芥。可是，他脆弱的膝盖又耽误了他多少伟大的前程？一代新人换旧人，2010年世界杯，这个曾经打进了15球的“外星人”，只能坐在看台上，眼睁睁地看着巴西被淘汰（又过了4年，作为解说嘉宾，他又在现场亲眼看着巴西被德国连灌7球）。今天，新生代的球迷们，还有谁记得这个“外星人”，记得他在韧带撕裂时的失声痛哭？

小腿被踢伤以后的大半个月里我都没有跑步。等待养好伤，暑假已经过去一大半，回到上海，很快就是初秋时节。天气日渐转凉，上海四处可见的梧桐树的微绿的树叶也开始泛黄了。在养伤的两个多月里，退下去的赘肉又生长出来。距离上海马拉松只有不到两个月了，无奈之下，在感慨了两句“时来天地皆同力，运去英雄不自由”后，我将全马的计划调整为半马。

虽然我心里有一些失落，但谁又能说 1/2 个梦想不是梦想呢？我安慰自己：欲速则不达，先从半马起步，下一次再跑全马，这是一条循序渐进稳妥的好路子。所以，严格说来我的第一个马拉松是半程马拉松赛，而不是全程马拉松赛。当然，后来我才知道全马和半马不仅仅是距离的差别，在体验上也完全不同。

半马报完名后，我每天不亦乐乎地在操场、健身房里做各种训练，跑步、深蹲、仰卧起坐，静候比赛的到来。时间日近，我也越发紧张，赛前几天拿着赛道地图翻来覆去地研究，还失眠了。2010年上马的半程赛道，从南京路世纪广场起跑，经过外滩，跑过南京路，穿过隧道跨过黄浦江，途中还会经过世博会的中国馆，终点在东方体育中心。这条很漂亮的路线，几乎将上海所有重要的景观一览无余。

一直等到比赛那一天，站到了参赛的人群中，我仍感觉有些不可思议。6 个月前我还不知道跑一场马拉松究竟是 41 公里还是 42 公里，还是一个跑上几圈就会气喘吁吁的新手；6 个月后，我的身边熙熙攘攘地挤满了来自世界各地的跑友，大家拍照合影，嘻嘻哈哈，就像是一场盛大的狂欢。

“啪”，枪声响起。人群尖叫着、呐喊着，缓缓地向前移动。人流太大，在外滩路上一直跑了十几分钟才勉强散开。虽然还是清晨，但梧桐树下已站满了围观的路人，沿街店铺里的服务员也跑到赛道边，呐喊着加油。

前半程跑得很轻松。穿过复兴东路长长的地下隧道时，有人大声地喊着“我来了”，还有人“呜呜呜”地模仿月夜里孤独嗥叫的狼，更多的人只是简单地“啊啊啊”，一股压抑不住的兴奋，在隧道里回荡。我也大声怒吼了几声，一路的辛苦，独自一人练跑的寂寞仿佛都在这几声怒吼里消失了。

10 公里以后，我慢了下来，有那么一会儿只比步行略快一点。半路上，我跟跑到了一个中年大叔旁边。大叔主动和我聊了起来，我问他为什么喜欢跑步。他说他是开店卖装修材料的，年轻的时候抽烟喝酒玩得很凶，50 来岁时已经胖得有些不忍直视了，高血压、脂肪肝，心脏也不太好，医生命令他必须运动起来。几番犹豫之后，他选择了跑步，从小区遛弯开始，到慢跑，到 3 公里、5 公里，越跑越喜欢，最终跑上了马拉松的路。至今，他已经跑过 8 个全马、6 个半马了。

跑过 15 公里，没有迎来跑者谈虎色变的“撞墙”，却反而感到前所未有的饥饿。早晨吃的两块面包早已经消化完了，胃里空荡荡的，好想吃点什么去填满它，看身边的跑友们从容地从腰包里掏出巧克力、营养棒，我的心里羡慕得要死，拼命遏制住了上前讨要的念头。

继续跑，看到一个大大的全程、半程分界的易拉宝树立在路中央。几个志愿者挥舞着手势，指挥着跑者分流。在这里，一些人跑向全程，一些人跑向半程。我看着那些跑向全程的人，在心里默默地竖了个大拇指。有一个小伙子始终跑在我的身前，看他 T 恤衫上的号码牌，他是全程选手。跑到分界点附近的时候他脱掉了上衣，露出了光滑的背脊。他的跑姿很丑，驼着背，每跑一步都有些左右晃动。我能听到他“呼哧呼哧”的呼吸声，就像铁匠在拉风箱一般，粗重至极，真不知道剩下的 20 多公里他怎么跑下来。

欢呼的人群越来越多，此起彼伏的加油呐喊越来越响，半程的终点就在前方了。望着前方几百米的终点拱门，早已经疲惫不堪的我，大腿又重新注满了力量。加速，加速，再加速，冲刺！越过终点线的那一刻，时间定格在 1 小时 44 分。

坐在终点附近的花坛边休息了一会儿，起身找到现场的成绩打印点排队，打印了纪念证书。这一次上海马拉松赛，全程、半程、健身跑的报名人数有 2 万多人，半程组有……人，在这么多选手里竟然能排到 369 名，这个成绩让我很意外，也很满足。从下定决心要跑一次马拉松，到最终走上跑道，已经过去了整整 6 个月，一周一周的积累里程，虽然没有实现全程马拉松的目标，但能圆满完成人生中的第一个半马，也算是完成了目标的一半了吧。

谁又能说 1/2 个梦想不是梦想呢？

“半马不是马”，这是跑马高手常说的一句话。言下之意大约是觉得半程距离太短了，对高手来说，才不过刚刚热完身就结束了。对高手来说，马拉松的精髓，是在跑过 30 公里以后才会出现，那种“撞墙”之际天人交战的考验，是跑半马者难以体会的。半马和全马的区别，也许比男人和女人的区别还要大。半马就像一个刚刚跻身上流社会的新贵，虽然也有爵位，但到底和传统的世家贵族还有差距，难免遭到一些白眼。

在上海跑完半马后，过完春节，我又去苏州跑了一次半马，跑出了个人最好成绩，1 小时 39 分。这是迄今为止我个人最好的半马成绩。现在回想起它，仍然有着一种淡淡的怀念，好像一个过气的小明星，在怀念昔日站在舞台中央的荣光。半马之后，全马自然提上日程。遗憾的是，此后我虽然屡次动念，想要尽快完成跑全马的愿望，但是人生有时就是这样，有钱的时候没时间，时间空闲了又囊中羞涩。那时，我是一个彻头彻尾的穷学生，午饭多买一块大排都会影响到下一顿晚饭的预算。那些在上海之外举办、需要我远赴他乡的马拉松赛，自然因为路程太远花费过高而放弃。

跑完人生第一个半马后，又过了一整年，我再次来到外滩。不同的是，这一次我站到了全程起跑区。站在全马区的心情和当年跑半马完全不一样。一年前跑半马，冷静里有些激动，有些不可思议。这次跑全马则很忐忑，心中充满了不安。一直到比赛的前一天，我都非常犹豫，心想这一次酱油也许是真的打大了，42 公里可不是一个说着玩的里程。虽然这一年里，跑得也还算认真，却很少跑过 30 公里以上的长距离。都说全马最难熬的阶段，是在 30 公里以后出现的，如果跑到 30 公里，我“撞墙”了，坚持不下去，中途弃赛了，那就丢人丢大了。

跑友张衡感到了我的犹豫，极力鼓励我去试一试：实在跑不动，你还可以走，跑半程，走半程，6 个小时也能走到终点了。走也能走到终点的！在以后的很多次的马拉松赛里，每当我疲惫不堪、怀疑自己是否能够顺利完成比赛的时候，这句话就会浮现，成为我坚持下去的动力。我这匹差点跳下悬崖的驽马，被跑友成功拉了回来。

第二天早晨，站在外滩的陈毅广场上，心中仍不时有一阵恐慌，身体也是软绵绵的。全程区里都是人，眼前都是甩动的腿和急促的呼吸声。枪声响起之后，我随着人流一起向前移动，小心翼翼地避开其他跑者。跑过起点拱门的瞬间，看了看手表，距离发令枪响已经过去了三分钟了。人真的太多了！

前5公里，大家都比较兴奋。看看中山路上擂鼓扭秧歌助阵的大爷大妈，我轻松地抬腿迈步。跑在人群里，你会感觉紧张、轻松、兴奋，人流一路带动着你，让你不由自主地加速。我试图穿过人群，跟在一位330的兔子（配速员）后边，但显然自不量力，几百米之后，我被她甩开了。

距离慢慢增加，跑者也在分流。10公里之后，紧张兴奋的心情冷却了下来。上海的赛道要穿过黄浦江，去年跑者们过江跑的是复兴路隧道，今年过江的方式改成了跑黄浦江上第一桥——南浦大桥。跑上南浦大桥的那一刻，我缓下脚步，回头望去，无数身着紫色T恤的跑者宛如一条紫色长龙，在大桥上蜿蜒无尽。那一刻，我感到莫名震撼，为自己是这条长龙中的一员而自豪。

赛程将至一半的时候，远远看到一块大大的指示牌，全马和半马在此分界。十来个志愿者站在附近，导引着选手分流。去年跑过这一段的时候，曾在心里默默地为那些全程的跑者竖起大拇指。不知道今年会不会也有人在心里为我祝福。

半程向左，全程向右。跑到这里的时候，双腿有一些疲惫。“干脆跑一个半程好了”，一丝犹豫从心中闪过，“不！你已经准备了一年，这是最后一刻，如果放弃了，将来一定会后悔。”我拼命地用各种心灵鸡汤来给自己打气。我汇入了全程的跑者中，起跑时的那种兴奋和紧张又出现了：从此刻起，我就踏上一个全新的征程了，是时候完成心愿的另一个 1/2 了。

已经跑了两个多小时了。太阳已经升起来了，脸庞晒得微微发烫，汗一出来，就被风吹干了，摸上去都是细细的小盐粒。每过一个补水站，我都停下来拿上一杯水，一小口一小口地啜饮，让凉凉的矿泉水在嘴里缓缓打个转，再滑下喉咙。

过世博园的时候，我遇到一个头发花白的大叔。大叔很潮，头上系着一根红发套，手臂上绑了一个 MP3。大叔似乎特别中意姜育恒，MP3 来来回回播的都是《再回首》《驿动的心》《梅花三弄》。也许是歌声吸引人，他的身边聚集了四五个人，形成了“大叔跑团”。大家边跑边聊，原来这位大叔已经是一员老将了，跑过 20 多个马拉松，每次都是 5 个多小时完赛。这跟我准备的完赛时间差不多，于是我安心地跟着他的节奏跑起来。

一路上，大家轮番发问：“都说 30 公里以后才是最考验人的，如果崩溃了怎么办？”“不紧张，慢慢跑。”大叔很有耐心，传授了六字真经。说也奇怪，这六个字谁都懂，可是从一个有经验的人口中说出来，却像定海神针一般稳住了我们的忐忑之心。跟在“大叔跑团”后跑了几公里，觉得自己似乎颇有余力，于是微微加速，脱离了大部队。

“4628号，加油！”路边一个陌生的大妈大声地喊出我的号码！我有些不好意思地向她挥了挥手，继续向前跑。穿过28公里的路标，一种难以言说的愉悦感瞬间注满全身，每一个毛孔都释放了，大脑一片空灵，双腿充满了力量，恍惚觉得自己可以一直跑下去，许多跑者将这种体验称为“跑步高潮”。查了资料我才知道，“跑步高潮”类似于心理学上的“高峰体验”。在这个阶段，肌肉内的糖原已快用尽，体内分泌内啡肽，据说这是一种跟吸食鸦片效果差不多的东西，你会感到兴奋，疲劳一扫而空。

可惜这种愉悦感只持续了几分钟。30公里！31公里！32公里！高潮之后，“撞墙”如期而至。我越跑越慢，速度锐减，两条腿几乎没有知觉了，似乎腰部以下都不是自己的。跑道变得漫长，时间也一下子慢起来，赛道边的加油声，在耳边嗡嗡作响，让人心生烦躁。每向前一步，都需要拼命地摆动上肢带动腰部发力，迈步向前。一路上不断地看到有跑者退赛，由跑变走。我就发现自己掉队了，爬坡的时候基本只能靠走。

“哪里有什么胜利可言，挺住就是一切！”想起里尔克的诗，我咬牙切齿地告诉自己坚持！坚持！再坚持！“如果我中了五百万，我该怎么花呢？”“前面的姑娘好漂亮！”……大脑里不停地幻想着美好的事物分散注意力。虚荣心是人类进步的源泉，我在编着一切理由来膨胀自己，为这双已经疲惫至极的双腿打气。我相信跑完今天的42公里，将是自己这几年里最了不起的一件事，一个可以和小伙伴们吹上好几年的牛。

35公里以后的路程有一些荒凉，马路依然宽阔，但沿途的观众少了许多。我跑跑走走，走走跑跑，一步一步地消灭着剩下的路程。“只有1公里了！”志愿者大声喊着！我就像一个溺水的人抓到了稻草，酸痛一扫而光，甩开双腿，飞奔起来，跑向了最后几百米！

4小时51分！我人生里的第一个全程马拉松，就在这12月的冬日阳光里完成了。我曾经无数次地想象自己在越过终点的那一刻会有怎样的反应，是如释重负，激动地流出眼泪，还是大喊一声“我做到了”，疯狂地四处打电话炫耀？这些都没有发生。在终点的拱门下拍照留念，拖着有些肿胀的双腿找到纪念证书打印区，排队领取成绩表，然后找地铁入口、换地铁线、转公交、回学校。一路上，我的心情像一潭水波不兴的湖水，没有泛起哪怕一丝涟漪，这种平静让我自己都有点奇怪。

在宿舍里躺下，我睡了长长的一觉。半夜里醒来一次，摸索着喝了一杯水，然后又沉沉睡去。第二天早晨睁开眼，恍恍惚惚地，一种骄傲、压抑不住的幸福感在心里荡漾开来。这种幸福感是那样漫长，就像在咀嚼一颗葡萄干，甜甜的味道里又和着一点悠长的酸。那时我才意识到：哈，你真的完成了。想起幼时赤脚在田野里的奔跑，想起泥土、青草和天空的澄净高远；想起中学运动会上那次惨不忍睹的长跑；想起一年多以前，阿甘伫立台下，珍妮的歌声在酒吧里飞舞跳跃：

How many roads must a man walk down?
Before they call him a man?
How many seas must a white dove sail
Before she sleeps in the sand?

“

老酋长问他，你在山顶看到了什么？他的回答是，什么也没见到，那里只有高风悲旋，蓝天四垂，你所能看到的，只有你自己，只有自己被放在天地间的渺小感。

”

# #02

# 世界那么大，我想去跑跑

○ ○ ○ ○

# 『在塞上牧牛放羊的誓约，从此成空了』

〇〇〇〇

人生第一个全马跑完以后，意外纷至沓来。那时候我距离研究生毕业只有不到半年的时间了，毕业论文却在写到一半的时候，才忽然发现选题太大，资料匮乏，我的能力实在无法把握。无奈之下只能焦头烂额地另起炉灶，好不容易找到了合适的新选题，但继续升学读博的愿望，又在最后一刻里出了岔子。接下来的那差不多小半年的时间，我惶惶如丧家之犬流窜在奔赴各地的火车上，茫无头绪地投简历、跑面试、签协议。兜兜转转一圈，最后答辩，吃散伙饭，离校，我一个人拖着行李箱上了沪宁线，在南京落下了脚。

我对南京几乎是完全陌生的，除了大学时代曾经去过一次中山陵，在南京火车站转过两次车以外，再也没有其他记忆。在这个充满文艺气息的六朝古都，我身边没有熟悉的跑友，白天上班，夜晚沉睡，从春天到秋天，跑步的日子屈指可数。下半年勉强打起精神，去杭州跑了一次半马，在长长的钱塘江大堤上，看着无声无息奔流的江水，极目处水天一色，心胸不禁为之一空。

“你离开了南京，从此没有人和我说话。”（李志）跑完杭马之后不久，我彻底了结了一段感情。一个全新的人生没有如期出现，暴躁的情绪常常会悠然而来，飘忽而去，仿佛身体里有一个黑洞，将所有的东西都吸进去了，不论是好的还是坏的。我挣扎着不知所措，开始整夜地失眠，常常是在操场刷完一圈又一圈，身体已经疲劳到了极点，但脑子就是紧绷绷的，放松不下来，躺在床上睁着眼睛从天黑看到天亮，夜色又稠又密，压得我透不过气了。

之后有一天，等我惊觉这种状态的危险，一年已过去了大半。惶恐中，在小区旁边找到了一所小学的操场，重新开始跑步，就像是一只被凶狠的猎手在星夜追捕的野兽，想要逃离追捕，回到安全地带。每天夜晚，等到散步的人群四散以后，我一个人溜进操场，绕着跑道一步步跑起来。有好多次跑在子夜的操场上，外面是灯火阑珊的居民小区，操场内是一片寂静的暗夜，在外围灯光的装饰下，操场的边缘形成了一个若明若暗的光圈。我绕着跑道一圈圈地打转，就像始终跑在一个大光圈的中心，无论哪个方向，都是光的方向。没有什么特别的计划，有时候跑得多一点，有时候少一点，什么时候感到累了，就停下来，回家睡觉。每多跑一圈，心情就从谷底向上走了一点点。也许生命中的每一次奔跑，都是在无尽的黑暗里，追逐那一束光。

那一年快结束的时候，我还第一次因为“跑步”上了一回新闻。

杭马结束后的一天下午，我埋头坐在办公桌前写材料，手机铃声响起，一个陌生的号码打进来：

“您好，请问是李寅初吗？”

“我是。您是哪位？”

“我是新安晚报体育部的记者，看到你的一篇跑步随笔，比较有意思，想采访你跑马拉松的故事。”

《新安晚报》是安徽一家老牌都市报。一个多月前，我写了一篇《跑者无疆》的随笔投给他们，没想到被他们体育部的记者看到了。那个下午，我和新安的记者聊了不少跑马的经历。第二天，他们刊出了《马拉松是一种生活态度》的报道，讲述了我的跑马故事。让我意外的是，报道刊出以后连续几天都有朋友打电话过来，询问报上的那个“李寅初”，是不是就是他们认识的这个“李寅初”。看了报，他们才发现我还有喜欢跑步的一面。

## 马拉松是一种生活态度

马拉松是一项极致考验耐力的运动，动辄百公里的路程实在让人难以坚持，但依然有数以万计的长跑爱好者热衷于此。皖南小伙李寅初对马拉松运动情有独钟，在他看来，每次跑完马拉松就像是经历了一次完整人生。

## 想来次“阿甘”式的长跑

“大学时看完《阿甘正传》后，我就对跑步有了新的看法。当我看到阿甘甩开双腿，跑过大学的橄榄球场，跑到战场，最后跑在原野、公路上，不知为何，这种无目的的跑步，却让我有些莫名激动。”27岁的李寅初回忆说，他是从这部电影中对“跑步”这件事另眼相看的。

虽然对长跑产生了兴趣，可是当时正在安大读书的李寅初，却迟迟没有迈出第一步。“长跑的想法早就有了，但随着年龄渐长，在升学、就业压力下，并没有长跑的动力。”直到三年前，李寅初决心一定要跑出这第一步。“人生可以做的事情其实很少，有些事，不抓紧，就会永远来不及。我后来给自己也列了一个清单，最可能实现的第一项，就是学习阿甘，要在接下来的一年里去跑一次马拉松。”

## 第一次马拉松跑“饿”了

2010年12月，李寅初第一次站在了上海马拉松的赛道上。“那是个半程马拉松，我早上五点多起床，坐地铁的时候，满满一车都是去跑马拉松的人。”

“跑上南浦大桥的时候，我回望了一下，看到一条长龙，第一次被长跑震撼了，非常壮观，很荣幸自己是这队伍中的一员。”这是李寅初第一次参加全程马拉松。当跑过20多公里后，李寅初明显感觉体力有些不支，幸好一路上有人帮他打气。“后来我一直跟着一个50多岁的大叔，他大概已经跑过十几个全马了，速度很均匀。我们边跑还边聊了天，彼此打气。30公里之后，我已经筋疲力尽，因为此前从来没有跑过这么远的路程，一路上好多次感觉要抽筋了。”李寅初告诉记者，快到终点时，沿途的人群冲着选手们喊着“加油、加油”，还有很多热心的市民送吃来的。“真的，跑到最后就觉得饿，是那种饿到极致的感觉，还有路人递来很多香蕉给我们吃。”

**奔跑可以快速体验人生**

2011年4月，李寅初又参加了苏州环金湖半程马拉松赛，拿到成绩表的那一瞬间，他很意外，1小时39分零5秒！这个成绩比第一次跑马拉松赛提高了4分。

去年12月，李寅初跑了个全程马拉松，距离是42公里加195米，他共耗时4小时51分。“第一次参加全程时，心里还是有些紧张，毕竟距离太长。跟半程不同，跑到后来腿就几乎没有知觉了，整个下肢都感觉不是自己的，需要靠手臂，上肢的摆动来带动下肢。”当最后跨过终点的那一刻，李寅初才明白，自己的潜力永远比想象的大。

在李寅初看来，跑马拉松的感受跟人生种种际遇很相似。“马拉松本质上是跑步，这是人类最基本的运动。在跑的路上，你会看到很多的放弃者，你是否应该跟随大部队？途中你需要别人的鼓励，你需要不停地调整，更重要的是要知道自己当时所处的情况。从起点到终点，就像快速地体验人生。有时候跑步不是为了快，而是展示了一种奔跑的人生态度。”

## 参与不能只凭心血来潮

现在，源自希腊的马拉松运动，在中国已发展成为一项融竞技与健身于一体的全民运动。马拉松赛事覆盖大江南北，成为最具群众影响力的田径赛事，参与人数之多，城市积极性之高，都可谓空前。

马拉松是唯一一项职业运动员和普通大众同场竞技的运动，这一低门槛使得马拉松老少咸宜。近日，一名参加10公里跑的大学生陈杰，倒在了终点线上，最终不治去世。李寅初觉得：“人们参与马拉松的热情应该得到鼓励，但是推广这项运动需要循序渐进。热爱运动，喜欢跑步，并不一定就能跑马拉松。马拉松是一项需要毅力的比赛，但这毅力很大程度上并非指比赛当天你咬紧牙关就能跑完全程。这毅力更多的是指，你需要花费大量的时间练习，一步步积累里程，让自己的身体逐步适应长跑的强度。”

## 长跑前一定要做足功课

在参加马拉松前，我们应该如何避免潜在危险呢？昨日，安徽省田径队高级教练员马明贵就建议，参加长跑前，有两件事必须要提前做好功课。“首先要做的就是确定身体状况，必须要确定是否患有高血压和心脏病。确定不存在上述两种危险后，接下来就是要了解马拉松究竟是项什么运动，该以什么速度跑，什么方式跑。”

针对第二点，马教练结合多年的训练经验介绍，在长跑之前，必须要有一段时间的长距离跑步训练，以保证心肺功能在马拉松中正常运转。“不能连 2000 米都没跑过就去参加马拉松，那很可能出问题。现在的大学生对运动的积极性很高，但一定要对自己的身体有充分了解，不要贸然参加强度太大的运动。”

“在长跑时，一定要注意跑步的节奏。”马明贵教练特别提醒到，长跑和短跑的节奏不同，千万不能把短跑的节奏用到长跑中来，要量力而行，即使体质不错也不能争强好胜。另外，当长跑结束之后千万不能立即躺下，参与者可以由旁人搀扶着绕场慢走几圈。

本报记者　樊大龙

“每个人在他的人生发轫之初，总有一段时光，没有什么可留恋，只有抑制不住的梦想，没有什么可凭仗，只有他的好身体，没有地方可去，只想到处流浪。”E.B. 怀特（埃尔文 · 布鲁克斯 · 怀特）的这段话用来形容我那段时间的心情再贴切不过了。我没有什么地方可去，只好到处去跑马。熬到 2013 年春暖花开，我连续报名了苏州环金鸡湖国际半程马拉松赛和扬州鉴真国际半程马拉松赛。

苏州的四月，春花分外烂漫。半马赛的举办地金鸡湖风景上佳，波光粼粼，细浪拍岸，不时有风帆行于水面。湖中有一道长堤，是光绪年间元和县令李超琼所建，俗称李公堤。据说，当年金鸡湖水势浩渺，波涛险恶，渔民往返，每蹈不测。李超琼恻然悯之，于是筑就长堤，以杀水势。历经百年风雨，今时湖上渔人已无踪，长堤也改造成一条繁华的商业水街，成了苏马赛道。

李公堤长过千米，跑在堤上，空气里既有湖水的清凉，又混合着泥土和草木的气息。我一度跑得很放松，但跑至中途之时，我的胸口忽然感到了一种抽搐，就像有一把大锤正在"咚咚咚"，一下又一下，缓慢且结实地锤击着心脏。我从来没有遇到过这种状况，是心脏不堪重荷吗？应该不是。那又是为什么？我不知道。我试着放缓呼吸，慢下脚步，走上堤上的小桥，又走下来，看看沿路的牌楼水景。我就像幼儿园时落单儿童，落落寡合地看着一个又一个的跑友从我的身边跑过。十来分钟后，长堤走到了尽头。我试着再次起跑，大锤还在"咚咚咚"地锤击，喉咙也好像堵了一点什么，想要大声哭，但是哭不出来，没有眼泪。

2011 年，我曾跑过一次苏州半马，成绩还不错，最后进了前 200 名，领了一套奖品回家。这一次故地重"游"，为了更好地欣赏一路的风景，我还给自己弄了一整套的行头，耳机、MP3 臂包，全副武装，打算一路跑一路听听音乐，权当散散心吧。起跑之后，我在心里默默地提醒自己，跑累了就歇一歇，不超速也不掉速就好。但李公堤上不期而至的钝痛打乱了我，接下来的几公里，我跑得有些麻木，再也没有注意到那些大声呐喊加油的人群和一路上美丽的风景。

6 天之后，我又去了扬州。那是我第一次到扬州，“春风十里扬州路”，相比于它的名气，眼前的扬州似乎太“小”了。我惊讶于它的火车站之小，小到似乎是一个西部偏远小镇的车站：简单的站台，寥寥的旅客，几列慢悠悠的绿皮火车。找好酒店住下已经是傍晚时分了，天阴沉沉的，下着一点小雨。在路边找了一家挂着“百年老店”招牌的小饭馆，点了一份扬州炒饭，味道不错，尝起来真的要比其他城市吃到的扬州炒饭正宗。

第二天早上雨停了，有微风拂面。匆匆打车去了扬马的起点区，挤在人群里等待起跑。起跑没多久，心口又感到有些发闷，一周前在苏州出现的那种钝钝的痛感，又出现了。一切都似乎在重演。大锤重新举起来，“咚咚咚”，缓慢而结实地锤击着。我又一次慢下步子，一路走走停停。“跑”过瘦西湖景区的赛道时，哽咽变成了抽泣，抽泣又化成了滂沱大雨，泪水“哗啦啦”地一下子全涌出来了。

不停地迈步，越跑心里越干净，泪水还在流，心里的某种说不清楚的杂质也仿佛在流失，呼吸顺畅起来。终点将至，空荡荡的感觉充盈在心中，什么话也不想说，什么人也不想理，只想大口大口地吃点什么，狼吞虎咽，填满胃口，然后狠狠地睡上一觉。领了完赛纪念牌，在一家快餐店里点了两份煎饺和汤包。坐在快餐店里，眼泪再次流了下来。这一次流得特别顺畅，没有钝痛，没有哽咽，没有抽泣，也没有痛哭失声，只是就这么流了下来。想起曾经有过的一起游扬州的约定，可后来总是因为没钱、没时间、要准备考试，一推再推，终于不了了之。如今我到底还是去了趟扬州，用两个小时跑了这座城，但已是一个人的事了。

“在塞上牧牛放羊的誓约，从此成空了。”那时候，我才明白《天龙八部》里的这句话，明白为什么有些人会在跑到中途之时大吼大叫，会在终点痛哭；为什么会有人笑得那么开心，也有人全程默默无语，只是埋头奔跑，到了终点，连照片都不留一张，就转身离去。除了那些夜晚和白昼里奔跑的身影，那些一路上流下的汗水和脚步，没有谁知道这一路上他们经历了什么。

就像很多人以为的，来一场说走就走的旅行，可以改变平庸的生活一样，也有不少人觉得跑一次马拉松，会重塑自己的人生。我曾经也相信过这一点。但跑完扬州半马后我才懂得，这只会是一种执念。生命是一场长期而持续的积累过程，你想要的人生不会因为一次马拉松而改变，真正改变你的永远不会是那短短的“一次”，而是那即使头破血流，也依然爬起的“一次次”。

# 我就是跑了北马的那个傻瓜

一共跑过两次北京马拉松。第一次是在 2013 年，在那次去北京的前夜，我还在 Kindle（电子书阅读器）里装了徐则臣的小说《跑步穿过中关村》。其实这部小说和跑步并没什么关系，但“跑步穿过”这几个字总是让我忍不住幻想，想象自己在天安门广场的人群中跃跃欲试，甩开双腿，跑在清晨的长安大街上……

2013 年的北马，风朗气清，从全国各地赶来的跑者碰到了一个难得的好天气。当我随着人群跑过起点，真的跑在了长安街上时，仍难掩激动：原来长安大街比想象中还要宽阔。踮起脚，远远望去，几万名身着黄衫的跑者铺成一条律动的绸带，蜿蜒荡去。过了天安门不远，一排长长的红墙高高耸立，不怒自威，那就是传说中的中南海了。我跑在人群里，慢慢悠悠地跑到红墙附近，一幕“神奇”的景象发生了：许多跑友欢呼着翻过栅栏，冲到墙脚下，解开腰带“方便”起来。路边值守的保安大叔挥手驱赶：“不要尿了，不要尿了。”“方便”的人太多了，保安大叔的驱赶显然是徒劳的，也许他本来就没有动真格的，赶着赶着他自己也忍不住笑起来。北京早秋的天气太冷了，加上群体性气氛的感染，我也突然感觉尿意难忍。短短犹豫了几秒，我“克服”了要做一个有素质的跑者的心理障碍，决定东施效颦，跟着大部队翻过栅栏，在红墙下找了一个角落尿了起来。

每一次跑马，都有意外的风景，这一次是“尿红墙”。比赛还没有结束，“无良跑者”在中南海红墙之下随意大小便的高清大图已经刷爆了各大门户网站。一时舆论哗然，网友群起声讨北马跑友的不文明行为。事后看了新闻，我才知道原来“尿红墙”算是北马的非正式传统，积弊已深。毫不夸张地说，尿一回中南海的红墙，甚至成了不少跑者参加北马的理由。跑友中间甚至流传着许多这样的语录：“一年的等待，不为奔跑，只为解开裤裆撒会儿野”“不尿一次红墙，都不好意思说跑过北马”。2013 年传统继续，我“躬逢其盛”，唯一的意外是，这一年媒体仿佛大梦初醒，第一次觉得这是一个新闻爆点，于是蜂拥而上。

平心而论，之所以会“尿红墙”，既有流动厕所少、天气寒冷的原因，也有业余选手经验不足、紧张的缘故。几乎所有城市举办的马拉松都会出现这种状况，与选手的素质高低并没有多大关系。

北京的特殊，也许只不过是因为那里是“帝都”，是“红墙”罢了。我承认，站在一字排开的“尿红墙”的人群里，我也忍不住大笑。面对那巍巍高墙之后的深不可测，大家似乎都有了一种小孩子恶作剧得逞般的快乐。

北马的路上还好几次看到一位穿着婚纱奔跑的中年男子。他的胸前大写着“征婚”，背上贴着“无车、无房、无背景”几个字。相比于那些滚铁环、赤足、Cosplay（角色扮演）、顶着一头大红大紫爆炸型头发的跑者，这一身婚纱装格外惹眼，一路上引发了不少笑声和人们按动的快门声。

就这样东看西看，胡思乱想地一路跑过长安大街、中关村、鸟巢、水立方，还有绿荫浓浓、阴凉透肤的奥森公园。当天下午，在赶高铁的间隙里还匆匆忙忙约了几个朋友吃饭。朋友虽然都还年轻，但都无一例外已经北漂多年，或者失意潦倒，或者意气风发，大家各有所属。席间聊起这几年彼此的人生际遇，颇多感慨：这个曾是我们想要改变的世界，已经在不知不觉中成为我们的一部分。

第二年北马，我“二进宫”。2014 年下半年，我积攒了满满一把的假期，想着人近中年，时光日渐琐碎，难得再有这样充裕的时间，不如就在还跑得动的年纪里，多跑一点路，挑战一回极限……于是，我仔细地查了中国田协的马拉松赛事日历，心生一个疯狂的计划：一个月里分别在北京、上海、合肥三个城市各跑一次全马。

疯狂之旅的第一站就是北京。2013 年第一次跑北马时天高云淡，这一次却来了一次大反转。早晨从酒店一出发，天气就不对劲，一片大雾茫茫，满大街都是戴着口罩出行的人。坐上地铁，随着人潮涌到起点天安门广场，雾看起来更大了，连一两百米之外的天安门都只能恍惚看清。看看手机，刷了一下天气预报，空气污染指数已经飙到 400 以上，跑友群里大家都在讨论是否要打道回府。

这是我第一次见识北京雾霾的威力，也是第一次在这样糟糕的天气里跑马。虽然跑友群里大家讨论得都很热烈，但真的选择放弃者却很少。毕竟，北马的地位摆在那，就像奥运会在运动员心中的地位一样。时隔一年，再跑北马，42 公里的“折磨”没有什么好说，依然是简简单单的抬腿迈步，跑过一条条街道，看看路边的美女和跑友的 Cosplay（角色扮演），在放弃还是坚持的犹豫中，熬过极点，冲向终点线。

值得记忆的是，北马结束的第二天，一篇《你是那个跑了北马的傻瓜吗》刷爆了朋友圈。在那篇文章里，作者引用了许多数据，分析在雾霾天里跑步 PM2.5 对人体的伤害，苦口婆心地劝告跑友：“北马已经不是纯粹的体育赛事了，更像是一个吸金的商业活动，而你们则是廉价的、巨量的群众演员……你们除了吸了一肚子的灰，给自己的健康种下祸根之外还得到了什么？”

许多朋友艾特了我，顺便还加上一个“？”。我懂他们的意思，每一次艾特，我都会简洁明了地回上一句：对，我就是那个跑了北马的傻瓜。他们也许永远不会明白，对于我们这样的傻瓜来说，跑步，有时候不仅仅是为了健康，更多地可能还是为了体验精神上的某种超越。僧侣用打坐来悟道，我们以跑步来修行。“三万跑者，三万人肉吸尘器”。在雾霾里，那些仍然敢于挺身上路的跑者，仿佛是在昭示着一种无声的进取和抗争，毕竟，雾霾之下，无人幸免。

在北京逗留了 7 天，7 天里有 5 天都是雾霾天气，天空似乎永远都是灰蒙蒙的，一片雾山霾绕，心情实在恶劣。不知道是心理作用，还是事实如此，看完《你是那个跑了北马的傻瓜吗》后，我也总感觉嗓子痒痒的，有点黏，想咳嗽，直到回到南京以后才好转。曾经有好几年，总是难抑北漂的冲动，在那次体验了这么糟糕的天气后，在回程的火车上忍不住想，即使将来真的有机会去北京工作，恐怕我也得打退堂鼓。

其实，在“二进宫”北马之前，我给澎湃新闻网写过一篇文章，讨论各个城市的空气与跑马的问题，建议大家在选择跑马城市时，一定要注意空气质量，综合考量。以我的跑马经历而言，如果从健康的角度考虑，北京、上海这样的大城市里的马拉松，并非上上之选，跑友们一定要慎之又慎。

# 去哪里跑一次健康的马拉松

文／李寅初

最近几年，马拉松赛事在中国得到了飞速发展。据不完全统计，2014年，各地将举办至少53场与马拉松有关的赛事，去年和前年则分别是39场和33场——马拉松赛事正以每年6场左右的速度增加。参赛人数也从2012年的50万人次激增到2013年的超过75万人次。例如，北京这样的热门城市，在2013年开放报名时还创下了3万名额13小时额满的纪录，可谓一“票”难求。

作为一个喜爱长跑、热衷于四处参加马拉松赛的跑友，马拉松赛在中国的火爆，我乐见其成。各地争相举办的马拉松赛不仅促发了公众的健身意识，也对推动当地旅游、服务行业的发展有不小的作用，更为广大跑友提供了一个用跑步体验一座城市的难得机遇。

但是，在跑友们兴致勃勃四处参赛之时，却大多忽视了举办地的空气质量问题。事实上，马拉松赛对空气质量的要求极高，空气质量的好坏不仅关系到跑者的成绩，更关系到身体健康。

以2014年中国田协公布的53场与马拉松有关的赛事计划为例，这53场马拉松赛事分布在大约45个城市。这45个城市的空气质量有好有坏。我根据环保部门的公开信息平台，以该月每日零时的PM2.5数值作为原始数据，计算整理了22个城市在2013年马拉松赛事举办当月的PM2.5平均值。

从统计来看，比赛当月 PM2.5 高过 75 的有 10 个城市。从低到高依次是：深圳（75）、重庆（80）、郑州（80）、珠海（81）、杭州（83）、北京（92）、衡水（100）、南宁（110）、上海（129）、合肥（176）。

而比赛当月 PM2.5 低于 75 的有 12 个城市，从高到低依次是：无锡（74）、苏州（66）、扬州（56）、广州（53）、兰州（52）、大连（47）、厦门（45）、福州（37）、贵阳（33）、海口（30）、张家口（29）、昆明（24）。

为什么这里只统计了 PM2.5，而不是 AQI——俗称的空气质量指数？这是因为 PM2.5 粒径小，其含有大量有毒、有害物质，绝大部分能通过人体支气管，直达肺部。这不仅可能损伤支气管黏膜，引发感染，而且还会加重哮喘、过敏性鼻炎，诱发动脉硬化、心律不齐等多种疾病。

一般说来，24 小时 PM2.5 平均值标准值在 75 至 115 之间，即属轻度污染。这时，易感人群症就有轻度加剧，健康人群就会出现刺激症状，已不适宜在户外跑步了。而超过 150 则是重度污染，心肺症状会显著加剧，运动耐受力降低，此时应该彻底停止户外运动。

马拉松是一项耗时较长，体力消耗大的运动，一般跑友需要四五个小时才能完成。人在运动时肺的通气量大约是平时的 10 到

16 倍，空气质量如果差，吸入的有害气体自然不会少。2008 年，埃塞俄比亚著名长跑运动员，多次马拉松世界纪录的创造者格布雷希拉西耶就因为担忧北京的空气污染问题，而放弃了奥运会。

从这 22 个城市的统计数据看，在轻度污染之下的只有 12 个城市，PM2.5 值最低的是海口、张家口和昆明，属于轻度污染的有 8 个，中度污染和重度污染各 1 个。更进一步说，如果我们以空气质量作为取舍的标准，那么，比赛当月的 PM2.5 均值在 75 以下的城市应是首选。

需要提醒的是，这里统计的只是一个总体情况，虽然月度平均值反映的情况更具有稳定性和参考价值，但月度平均值并不能代表比赛当日的平均值。并且，有些城市的马拉松赛事是在郊区、风景区举办，PM2.5 应该会比平均值低。

这几年，我陆陆续续在全国各地参加了近十次马拉松赛。以我的直观感受，像北京、上海、天津这样的大城市，空气污染治理仍然任重道远，比赛线路仍有很大优化空间。空气质量较差的大城市，在举办马拉松赛时，应尽量选择夏秋季节，避开主干道，多经过湖泊、湿地、公园。

令人欣喜的是，近年来有一些空气质量好，风景优美的中小城市开始加入马拉松赛大军，举办各种长跑、越野赛，跑友们可以重点关注。

这篇文章是两年前写下的。今天，中国大陆的马拉松赛事早已从 2014 年的 50 多场激增到 200 多场，但“雾锁中国”的状况似乎还没有得到根本改变，这篇文章中的建议自然也并没有过时。

北马后的第二天，我还去北大走了一圈。2008 年准备考研时来过一次北京，当时经过北大门口时，本想进去逛逛，但临到门口脑子一热，自负地以为，明年我就要来这里读书了，又何必多浪费一次时间逛自家的园子？人生不如意事十之八九，谁知道前路莫测，终于离未名湖越来越远。

逛北大时和敏志兄聊了会儿八卦。几年前认识敏志兄时，他还是个本科生。毕业以后回老家做了公务员，都说一入侯门深似海，我以为他会在公务员的位置上一直干下去。没想到，时隔两年，他还有勇气跨专业入北大修读明清史。遥想当初他做公务员时，有一次聊天，谈到将来打算，他的一句“志不在此”，我至今记忆犹新。

在雾霾中跑完了北马，我又去了上海。上海与北京，是最受跑友追捧的两个跑马城市。在这一次上马报名启动的当天，我从早上 9 点起就开始刷网页，第一次刷，有 1 万多位排队，再刷就变成 15 万位，此后网页不停地卡顿，搞了半个上午都没有成功。无奈之下，我只好放弃。下午的时候，抱着最后试一次的心理，登录了报名页面，却神奇地报上了。据说，上马官网报名开放后的一小时内，网页访问量高达 69 万人次，每秒访问量峰值达 3.8 万人。真是三十年河东三十年河西。尤记得第一次报名上马的时候，马拉松还是一个陌生事物。那时候只要赶在报名日期截止前，都能报得上。没想到仅仅过了 3 年，马拉松已经在中国大热，抢一个上马的名额，难度堪比春运里买火车票。

再次站到熟悉的外滩广场，第一次跑全马的那份激动，恍惚还在。我在上海待了整整 3 年，南京东路和外滩来过不下百余次。读研时，为了写毕业论文，曾经连续一个多月，在上海档案馆查资料。早上六七点，从学校出门，步行 15 分钟到上海南站，然后坐地铁一号线，人民广场下车，穿过南京路，绕道外滩，最后走到中山东路的上海档案馆。常常在档案馆里一坐就是一整天，中午草草地啃两个馒头。窗外是外滩上如潮的游客，窗内是我盯着电脑屏幕，一个字一个字地辨识几十年前的文献，恍惚之中，常有穿越回几十年前的沧桑之感。

这一次上海的天气非常给力。早晨有一些细雨落在身上，有些微微发冷。跑过十几分钟以后，雨停了，空气分外清爽。这样的天气适合跑出好成绩。男子前三和女子冠军全都打破了赛会纪录，创造了上海国际马拉松赛历届之最！和往年独自上路不同的是，这一次上马有跑友杨靖的陪伴。这是杨靖的第一个全马。2013 年我和他一起报过杭州山地马拉松赛，但最后时刻因为我要加班而未能成行，深感遗憾。

这一次，一路上我俩聊聊天，看看风景，时间过得很快。当杨靖听闻我有意记下这几年的跑马经历时，特意写下了他的第一次全马之旅，记下了许多小细节。某种意义上，他看到的这42.195公里的风景也是我看到的。

2014年上海马拉松，是我的第一个全马。不过，就像第一次踏进大学校门、第一次兼职、第一次上班……我原以为记得清楚，但其实都已经模糊不堪。如果真要回顾这第一个全马，也许可以用“匆匆”一词来概括。

匆匆的训练。从小我就习惯翻山越岭，甚至在初中二年级17分钟跑过5公里，跑和走一样是一种本能。在同事兼跑友李寅初的“蛊惑”下，2013年下半年我才开始有意识的训练，琢磨着跑一次马拉松。第二年3月，我跑了第一个马拉松——杭州半程山地马拉松——成绩3小时14分，跑完后一瘸一拐近一个星期。之后虽时有训练，可惜持续激情不够，也仅仅是在操场跑圈，间或跑跑玄武湖、紫金山，每月跑量鲜有超过60公里，更为不幸的是7月在老家崴了脚，八九月的南京酷热难当，只好伤停外加避暑。

匆匆的准备。无知者无畏，9月份，我撞了大运，挤进了上海马拉松的报名队伍，报名成功。10月恢复训练，跑量62.99公里。赛前两天，早上上班时，带上了网淘的美津浓、腰包，外加老婆买的耐克短裤，下班后直奔高铁站，晚上八点到了上海。第二天早上第一件大事，就是去领装备。东亚展览馆一字排开十几个窗口，每个窗口前的队伍有上百米，阵仗很大，各运动厂商还有花样繁多的装备展示和现场活动，还真能点燃内心运动的小火苗，队伍里还经常看到三五成群的“奥利奥”、西方人，也有“思密达”入耳。不禁让我想起一位大学同学的话，上海是中国和世界离得最近的城市。

领完装备回旅馆，一觉醒来已是下午五点半。麻烦在晚上出现了，没带眼镜盒！我可不想跑步时眼前有两块晃晃悠悠的玻璃，找不见硬纸盒，寻不到饮料瓶。忐忑入睡，却想不到明早还有烦恼。

*匆匆的前戏。*2日清晨五点半，掀开被子奔厕所，酝酿良久，坚持五分钟，最终却只能无奈地按下马桶冲水小按钮，苦恼！出门，小雨，气温十来度，略冷。地铁里却很热闹，到处都是风骚的青年——着上马T恤的跑者。地铁小哥语音播报，暖暖地为跑者加油，并为自己未能参加比赛而遗憾，真想买一盒大白兔奶糖去安慰他。

存包、进场，顺顺当当，只因跟着半个月内已经第二次跑马的李寅初。暖场音乐很震撼，我听到了；火辣的健身教练小妹儿做着热身示范动作。我却在人山人海之外，看不到。繁华的南京路，气派的西式建筑，当当响的中字头“金三胖”，还有二三十年前回来的国外金融巨头，旁边的人们很兴奋，合影、口哨、大声谈论。秋后的雨，冰冰凉、冷吧吧（biā）、湿漉漉，除了搓胳膊，实在不想动弹多做一个热身动作，快些开始吧。

*匆匆的比赛。*6点55分左右，某某某领导鸣枪，干净利落！

前10公里，用我仅剩不多的英文词汇来描述就是，People Mountain People Sea（“人山人海”的直译），完全跑不开。12公里处，尿意渐浓，简直让人难忍，随波逐流站在绿化带前“施肥”一番。也许是释放，也许是干坏事后本能的逃避，接下来的5公里跑得轻快很多。2014年上马赛道有近20公里折返赛道，不断走回头路着实让人崩溃，尤其是到了半淞园路，看了第一集团早已领先5公里，并呼啸而过，虽早已清醒地认识自己的实力，但还是有种被狂虐的感觉。不过转念一想，在上海如此大动干戈为跑者举办这样一场赛事，已是不易。

雨骤停，汗又下，眼前晃悠的两块玻璃让人难受，只好把眼镜摘下来拿在手里。一公里一补给，和李寅初一路前言搭后语，少了枯燥，免去戴耳机听音乐的不便，但无意中又牺牲了速度。很多跑者把喝剩一半的水杯扔在赛道上，在17公里处我踩了一脚，湿了鞋，脚就在鞋子里滑啊滑，难受至极。20公里处，4：00的美女兔子从身边呼啸而过。龙腾大道30公里后，我们两个人的速度明显掉了下来，在医疗站狂喷了一通云南白药，也是心理作用大于实际功效。4：30的兔子又跑到了前头，我已腿酸步沉，细想一路来都在闷头跑，于是放弃了4：30的预期，索性步行2公里，拍拍照。忍耐忍耐到了41公里多，李寅初决定步行完成这最后的几百米，我加速度，单飞前行。11：50踏上最后一条计时毯，最终枪响成绩定格在4小时49分。

匆匆的回程。取包、换装，上地铁到了上海火车站。买了回南京的特快硬卧票，车上回味刚跑的上马，近1/3的外籍选手固然是一大特色，但对于普通跑者来说，上马最靓的在于两方面：一是完备的赛事保障。水、补给都十分充分，还有散布全程的应急医疗保障人员，标志也非常清晰；二是热情的普通市民。在全程42公里的赛道两边，几乎都有兴奋的上海市民在为跑者加油，甚至还有大妈们敲锣打鼓扭起秧歌为跑者鼓劲。而在我去年跑过的杭州，即使是跑在西湖旁，或者居民集聚区，市民往往只是路边瞩目，也许她们的热情并不少于上海，却寂静得多。

回到南京的第二天，上海《解放日报》刊出了上马全程所有完赛6920名参赛者的名单。我成绩净计时4小时46分，排名4950，差强我意。可惜，在一干马拉松网站上找我的上马镜头，却一无所获。看来，下次需要搞件风骚的上衣，做个夺人的发型……

在最后400米的时候，我停下了脚步，让杨靖先行一步，慢慢享受这难得的休憩。——在终点前慢下来，这是我对自己的独家犒赏。记得刚开始跑马的时候，一路上历经千辛万苦，快到终点之际早已是疲惫得挪不动脚步。这时，看到路旁欢呼的人群，大家齐声呐喊，为选手“加油”，我立即精神大振，一扫颓势，双腿又重新注满了力量，就像刚刚从起点出发，尽情地张开双臂，大步冲刺这最后的几百米。

跑过几次全马以后，事情慢慢起了变化。有一回在杭州跑马，4

个多小时苦熬之后，还剩下最后几百米了。我实在跑不动了，于是慢下脚步，走了起来，一种奇妙的感受出现了：看着不远处等待的朋友，大声欢呼的人群，终点拱门上跳动的红色计时器，一种温暖的愉悦感从心里慢慢生起，漫布全身。再后来，几乎每一次路跑赛，在这最后的几百米，我都会刻意地选择慢下脚步。有时候，和围栏后的观众击掌，与身边的跑友笑着互相祝贺。有时候，什么也不干，就这样慢慢地走，回想这一路上的点点滴滴。几乎每一次，在一边呼吸一边龇牙咧嘴地感受膝盖的痛楚中，那种温暖的愉悦都会再次浮现。似乎，数月的准备，几个小时的奔跑，就是为了享受这最后的几百米。

疯狂之旅的最后一站是合肥。正如本书开篇所述，合马是我跑马路上的第一次半途折戟。弃赛之后，我的心里满是沮丧，只能勉强地安慰自己说：没有经历过弃赛的跑者，不是一个完整的跑者。

今天，在回首那些过往的时候，我就想，这个世界上，也许总有那么一小撮人在努力说服自己，去证明自己还有一点异于千万人的微光。这是一种虚荣，也是一种动力，当然也有可能是一种虚妄。跑步这件事，要么去做得更好，要么就不要做了。

如果最初，只是为了跑起来，为了沿途的风景和心境的自由，那么，在一个人孤独地跑过那么多夜晚，晒过那么多烈日，流过那么多汗水后，我有理由去相信自己可以跑得更远、更快。当然，也许，说到底，这些都不重要，重要的是：人世这么短，要爱一个有趣的人，做一点有意思的事。一念放下，万般自在。

# 香港、无锡、南京，三城之最

跑的最艰难的一次马拉松，是在香港。2014年，情人节之后的第3天，我在香港跑了一次马拉松。这是我第一次去中国大陆以外的城市跑马。去香港游玩的人数以千万，但选择以马拉松的方式，用上几万个步伐去体验一座城市风情的人，一定是百里无一。

港马历来深受跑友青睐。为何？很大程度是因为港马赛道的特殊性。世界上大多数的马拉松赛都在市区举行，沿途观众加油呐喊，声声不息。但港马的赛道90%以上是在高速公路和海底隧道，不仅弯多坡长、起伏不平，而且绝大部分路段除了为数不多的赛事工作人员以外，几乎没有观众助威。——某种意义上，这也是港马美中不足的地方，有许多跑友选择港马，是奔着漂亮的维多利亚海景、熙熙攘攘的中环与旺角、西环的老街和店铺而去，最后却“意外”地发现自己只能在空荡荡的高速公路上奔跑。

再加上天气湿热、起跑时间早等因素，港马也就具有了十足的挑战性，其赛道也被称为“魔鬼赛道”。但正所谓“不疯魔不成活”，艰苦的港马赛道反而激发了跑者前所未有的征服欲，年年报名人数爆棚，2014 年更是打破历届纪录，有超过 7.3 万人报名参加。

为了打败“魔鬼”，来港之前，我还特别进行了多次爬楼、上下坡的针对性训练。比赛那一天，凌晨四点半就起床洗漱，简单地啃了两口面包，循着路灯步行到了起点。天还是黑漆漆的，起点区已经集结了不少跑者，一起静等发令枪响。大家交谈的声音都很小，似乎怕吵醒了黑夜一般。腕上的计时器跳到了五点半，起跑时间到了。人流开始向前涌动，涌向未知的黑夜。

摸黑跑了十几分钟，远处的楼宇天际之间有了蒙蒙晨光。大概是太早了，香港的市民都还没起床，一路上都很冷清，没有什么观众。跑上高速公路的时候，天际大亮，天气一改往日温热，吹起了阴冷的风。虽然港岛鳞次栉比的高楼大厦令人喟叹，在跨海大桥上看海景也别有一番壮丽，但这些美景都难以抵抗因为海风的吹拂身体热量快速挥发所带来的寒冷。

我的跑速很慢，几乎是一边跑一边哆嗦着。每过几公里，都会停下来，狠命地搓揉一番大腿肌肉，不让它因寒冷而僵硬。这是一次分外艰苦的征途，我想到了赛道的艰难，却完全没有料到天气的寒冷。海风拂面，山色在前，这听起来很浪漫，但对 7 万多名港马跑者来说，却是不折不扣的折磨。

跑进市区之时，已是将近终点。我双手濒于冻僵，体力已经消耗殆尽，却还有一段长长的海底隧道需要爬升。那一段隧道，我完全放弃了奔跑，几乎是一步一挪地“跑”过。好在终点附近围观的群众很多，还有不少热心的市民朋友端着摆满了小糕点的盘子，邀请选手一起分享。我狼吞虎咽地吃了几块巧克力蛋糕，能量大增，加速冲向了终点——维多利亚公园。

除了对港马赛道的艰苦有了切身的体会，印象最深的是港马组织的专业性。要在弹丸之地的香港，让 7 万人——大多数马拉松赛只有两三万人参加——有条不紊地参赛，并且保障安全，如果没有专业的执行力、细致的服务和强大的志愿者，是非常难以做到的。在起点等候开跑的时候，有一个细节让我触动颇深：起跑点聚集了上万人，但大家都很安静，交谈声很小。起跑之后，也没有出现垃圾遍地的现象，选手的素质可见一斑。

跑港马还有一次“奇遇”。到香港的第一天，我特地跑到庙街去吃大排档。熙熙攘攘的食客喧闹声中，有店家在放着黄霑的《狮子山下》。我一边就着啤酒剥大闸蟹，一边听着这首歌，想起香港往昔荣光，想起自己少年时在县城的录像厅里，看山鸡、浩南在庙街砍砍杀杀的时光，旧日味道，依稀重现。

我没有想到的是，跑在港马赛道上，跑过青马大桥时，我又听到了有跑友在用手机放那首《狮子山下》，“人生中有欢喜 / 难免亦常有泪 / 我们大家 / 在狮子山下相遇上总算是欢笑多于唏嘘”。在凄风冷雨之中，听到这首歌，颇有感慨。

这个跑友似乎很喜欢老歌。《狮子山下》终了，接下来的一首歌还是粤语。我很陌生，只听见“东方之珠”“风光”几个词，觉得歌声有一种悲怆的美。默默地跟着这首歌跑了一段路程，回来查了资料，才知道这首歌也叫《东方之珠》。我们都熟知罗大佑的《东方之珠》，但其实还有另外两首同名之作，词曲慷慨，别具风味。我听到的那首演唱者是甄妮，“此小岛外表多风光 / 可哀的是有人仍住陋巷 / 若以此小岛终身作避世乡 / 群力愿群策东方之珠更亮更光”。这几句歌词，今天重听，仿佛依旧能够穿透 20 年的时光，可以作为港岛今日的写像。

跑得最舒服的一次马拉松是 2015 年的无锡马拉松。在比赛的前几天，就陆续收到了组委会的短信，或预报天气，或提醒安全，十分细致体贴。在领取装备的现场，跑友分区按号领取物品，志愿者热情周到，秩序井然，平均用时不过两三分钟。这个速度让我大为惊讶，参加过大大小小几十次路跑赛，大部分赛事领取参赛物品时，都要排上很长的队伍，短则二三十分钟，长则数个小时。无锡的速度，堪称秒杀。

抵达无锡的当天，我还去逛了南禅寺和南长街。在古刹老街上闲走，看河水流淌，酒旗飘飘，不禁遥想一千多年前，多少商旅客船在这条大运河上走过，颇有“今人不见古时月，今月曾经照古人”的恍若隔世之感。

第二天的赛道上，补给点、里程牌几乎是一公里一个，香蕉、饮料、海绵供应充足，中途竟然还有一个补给点提供可口耐饿的豆沙馅黄馍馍……这些都极大地鼓舞了跑友们的士气。当然，这些只是我的个人体验。于我来说，虽然这是一次“完美”的马拉松之旅，但并非没有一点遗憾。两天无锡之旅，最大的遗憾就是，天气不给力。周六时断时续地下小雨，虽然第二天比赛雨停了，空气也干净、湿润，但天空依然阴沉沉的，时有冷风夹着一点点细雨拂面。高手喜欢这样的天气，因为容易跑出一个好成绩，但对我这样仅仅是志在完赛的跑友来说，阴冷的天气绝对是一个大挑战。一路上，冷风吹得我还打了好几个寒战。

锡马的赛道很美，一路经过鼋头渚风景区、蠡湖之光百米高喷、十里芳径、长广溪湿地公园等美景。可惜因为天气，一路上的湖光山色，总有些雾水蒙蒙、模糊难辨。当然，惊喜也是有的。有一段赛道，两边都是成排的樱花树，三月无锡，正是樱花开放时节。一阵细雨微风，樱花花瓣随风飞舞，片片飘落，映得马路、草地、湖面一片粉红。“人在画中跑，春意心中留”。许多跑友都忍不住停下脚步，在“雨”中留影。

值得一提的是，马拉松是一项颇具风险的运动，因为选手准备不足、救援不及时等缘故而引发的安全事故时有耳闻。2014 年锡马也有 3 位选手出现了比较严重的事故，一度危及生命安全。幸运的是，组委会预案周全，现场医疗救援及时高效，有力地保障了选手赛事安全。

这几年，各地争相举办马拉松赛。对于一座城市来说，举办马拉松赛不仅可以启蒙公众的健身意识，还能推动当地旅游业、服务业的发展，提升城市品牌形象。相比于北京、上海、厦门这些有着悠久的马拉松赛历史的城市，无锡的马拉松赛还非常年轻，但我的这次算不上完美的体验，让我相信锡马一定会走得很远很远。

我日常跑步的大本营在南京。在南京生活 4 年多了，身为一个长跑爱好者，我用自己的双脚几乎跑遍了南京的每一处城墙。开始，是和朋友们一起徒步。清晨出发，任选一处城门做起点，大家沿着城墙根，一口气暴走几个小时，看风景、侃大山，痛快非常。这样的徒步，让我见识了中华门的雄浑、神策门的古朴、中山门的幽静……

有一回，和两个朋友一起徒步至狮子山巅，在阅江楼上远眺长江，元人萨都剌的诗句情不自禁地涌上心头：石头城上，望天低吴楚，眼空无物。指点六朝形胜地，唯有青山如壁。蔽日旌旗，连云樯橹，白骨纷如雪。一江南北，消磨多少豪杰……

一年的徒步，基本上走遍了明城墙。2014 年夏天，我陪一个远道而来的朋友游览中山门。我们站在城墙之上，遥望紫金山，忽然一个念头从我的心底冒了出来：我喜欢跑步，为何不用双脚“跑”一遍城墙呢？“跑”在明城墙下，一定会比“走”城墙有趣。一个礼拜之后，我就迈开了双脚。最先跑的城墙，是从神策门到解放门这一段。那时候，我还远住南京南郊的江宁，大清早坐上地铁一号线到南京火车站，走到神策门起跑，跑到解放门结束，再去上班。这一路上梧桐郁郁葱葱，一边是玄武湖水波光渺渺，一边是明城墙古色森森，“中央研究院”旧址、北极阁、鸡鸣寺，几乎步步是景。

从中山门到中山陵，从仪凤门到中华门……随后的日子里，我不停地变换路线，跑在明城墙下。有时候跑兴大发，跑完玄武湖之后，会去鸡鸣寺里点上一份素面，歇息一会儿，再继续跑上紫金山。有时候，跑累了，慢下脚步，抬头看看身边的高墙。厚厚的砖块，层层累积而上，用手掌触摸那些砖块，温润中渗着丝丝凉意。那些斑斑驳驳的铭文，在经过了几百年的风雨浸润后，依然还有着一份虔诚在守候。回想几百年来，有多少楼台风雨，家国旧梦，在这里上演，如今都湮没在时光之中，唯余山墙依旧！

那年深冬，我备战 2015 年的 TNF100 公里越野赛。为了积累夜跑经验，我决定在子夜时分起跑，沿着城墙，来一次超长距离的拉练。我从神策门起跑，一路经过仪凤门、定淮门、汉中门……冬日子夜的南京，繁华淡去，寒意瑟瑟，大街上除了三三两两的出租车和偶尔夜归的行人，分外冷清。一路上，暗暗的城墙，矗立不言，人语渺不可闻，散发着神秘安静的气息。

我就这样一直跑。四五点的时候，路上开始有三三两两晨练的老人，暗夜也好像被撕开了一条缝隙，光线慢慢挤进来。我看到晨光映照在灰黑色的城墙上，依然清冷，墙角的草叶上凝结了滴滴露水，蒙上一层白霜……快七点钟的时候，我跑到了玄武门，完成了这次拉练。

那是一次难忘的夜跑，我感受到了一个最安静、最神秘的南京。那些去过南京的游人中，有人跑过山、跑过河、跑过公路、跑过草原，但通宵跑过南京明城墙的，一定不多。城墙是历史留给南京的一个特别的礼物，我有幸用自己的脚步感知到了它的珍贵。

# 那里只有高风悲旋，蓝天四垂

〇〇〇〇

跑者中流传着一句话——越野跑是马拉松跑者的终极归宿。来南京的第二年，我也尝试起越野跑。这种转变是自然而然的，公路跑多了，就会慢慢觉得公路边的风景太单调，城市里的汽车尾气太刺鼻，远远没有山野里自由肆意奔跑的快感。

家附近刚好有一座城市森林公园。公园不大，却有一座十分适合跑步的小山，山里有茶园，有丛林，偶尔跑上环山路，没有公路的单调，没有汽车尾气，灰尘也微乎其微，非常难得。

刚跑上山林小径之时，我以为越野跑跟马拉松差不多，区别只不过一个是在野地里，一个是在公路上罢了。等到出门多跑了几回，摔了几次跟头之后，我才相信了越野跑前辈所言：越野跑和马拉松的区别不亚于百米赛跑和马拉松之间的区别。在公路上跑马拉松，只要靠着人行道跑，就完全可以开小差，神游四海，东张西望，高兴了还可以甩开两腿，来个加速冲刺；如果感觉累了，则只需要埋头前进，默默奔跑，几乎不用担心路况安全之类的问题。

越野跑却完全不同。在越野跑中，身体的平衡技巧远比肢体强壮重要得多。你的注意力需要高度集中，上一分钟还是奔跑在松软的草地、湿滑的泥路小径上，下一分钟，就可能需要面对石砾遍布的河滩、荆棘横生的丛林。爬坡的时候，手脚并用，下坡的时候，依然手脚并用，还要多加一层细心，否则一不小心就会一脚踏空。这样复杂的路况别说加速跑，有时候连大步快走都是一种奢望。

难是难，但趣味也更深。尝试越野跑没多久，我就完全迷上了它。当我在南京郊区的山上跑步的时候，才发现有许多东西是不一样的。在健身房、操场，甚至公路上，总感觉有很多东西在眼前晃荡，路边的行人，呼啸而过的车辆，红绿灯，健身房里的音乐，旁边跑步机上听音乐的姑娘……而在山野里，这些统统不见了，路面是坑坑洼洼的，青草蔓延，有时候还有老水牛慢悠悠地经过。

这几年，每一次回到老家，都会找时间跑一次山林。常常是傍晚时分，喝上一杯水，戴上臂包，沿着老家的河边，就出发了。跑在河边，想起小时候每到夏天，就要到河水里去摸螃蟹。螃蟹最笨，虾子最难逮。那时候，姆妈用一个白色的脸盆，和一把麦麸，就能够捉一盆鱼。跑在树林里，阳光从枝叶间洒下，斑斑驳驳，十分好看。跑累了，随便找一块石头或一片草地坐下来，周围是鸟儿鸣叫，地上是青草生长，汗水在肌肤上呲呲作响。几公里跑下来，整个心肺都好像被这清新的空气清洗了一遍，那种舒坦的感觉难以描述。

山连山，水连水，跑在熟悉的山路上，恨不得将所有的故乡山水都跑到心坎里。可惜这些年，南去北来，琐碎之事越来越多，故乡已渐成他乡，更难言故土之上的自由奔跑了。

跑者们一般将超过标准马拉松距离以上的跑步赛事，称为超马。这是一种比马拉松和普通山地越野赛更危险，也更小众的跑步赛事，一般都在名山大川之间举办。在比赛中，跑者需要跑过的里程动辄 100 公里、200 公里，甚至 300 公里。路程长，时间久，暴雨、冰雪、烈日常会不期而至，山地、滩涂、戈壁都是家常便饭。在长达几天几夜的时间里，选手的休息时间非常有限，常会遭遇伤痛、疲劳、焦躁、沮丧，甚至出现幻觉。要想顺利完赛，不仅需要过硬的体力，更需要强大的心理承受力。这样的比赛，当然远比在公路上跑上几个小时，去江河里游上 2000 米危险得多。

有意思的是，“找虐”的超马和常规马拉松一样，参赛的跑者只有极少数是职业选手，其余人大都有一份正儿八经的工作，有医生、有教练、有建筑工人、有商人……他们大都是利用业余时间参赛的，全凭兴趣在坚持。与马拉松赛不同的是，绝大部分超马赛是没有奖金的。要想参赛，不仅要自掏路费、报名费，甚至连比赛中出现意外的救援费用也要自己承担。历尽千辛万苦好不容易完赛了，主办方也往往只是发一块纪念牌、一件 T 恤衫给你。

每一个路跑的跑者心中都有一个全马梦，每一个热爱越野跑的人，也都或迟或早心生一个超马梦——这话也许绝对，但未必无因。在跑了 20 多个马拉松之后，我也雄心勃勃地计划过跑超马，还幻想着早日完成积分，去跑一跑 UTMB（环勃朗峰耐力赛）、巨人之旅、撒哈拉沙漠。不过，很快我就发现，这对我来说是一件可望而不可即的事，天赋有限，我的身体承受不了这么高强度的比赛。因为赛道距离太长，超马跑者一般都要经历黑夜白昼。白天在山林里越野奔跑是一件惬意的事，但黑夜沉沉，除了一盏头灯，再也没有其他光亮，孤独和恐惧无声无息地从密林深处涌出来，紧紧缠绕着你的大脑。我无法克服这种窒息一般的恐惧感，好几次在山林里夜跑训练，跑着跑着，只能落荒而逃。

也许就像很多人以为跑步是年轻人的运动，但其实未必，UTMB（环勃朗峰耐力赛）这样的超马比赛也并不是年轻人的专属。许多超马跑者的年龄都在 40 岁左右，白发苍苍依然身手矫健，活跃在山野之间。人至中年，心智体力尽皆成熟，正是耐力运动的最佳时期。武侠小说里常有这样的桥段：山中十年，少年苦修技艺，虽然招数已经烂熟，但比武较量之时，仍会是师父的手下败将。原因并非学艺不精，而是“欠缺火候”！火候，时间也。对于那些在超马路上搁浅的跑者来说，道理也是如此，血气方刚很重要，但是时间滋养带来的智慧更重要。我还年轻，我还有机会。

如果要让全世界的跑者来票选哪一个超马赛是跑者的终极梦想，答案恐怕非“巨人之旅”莫属。阿尔卑斯山旖旎的风光，吸引了无数跑者的目光。在这个比赛中，所有参赛的跑者，需要在 150 个小时的关门时间内，穿越 25 座阿尔卑斯地区的高山，全程长达 332 公里，总爬升 2.4 万米。超长的里程，复杂的赛道，极端多变的气候，让“巨人之旅”当之无愧地跻身为这个世界上最为艰难，也是最为“高冷”的越野赛。

这项“高冷”的赛事，之所以被称为“巨人”，并非赞誉那些完成比赛的跑者——虽然事实上他们确实是“巨人”——而是因为比赛路线环绕了奥斯塔山谷传说中的四位巨人：勃朗峰、罗莎峰、马特洪峰和大天堂峰。“高冷”的另一个原因是，相比于每场比赛动辄有几万人甚至十几万人参加的马拉松赛，超马还是小众中的小众，每场比赛不过几百人甚至几十人。“巨人之旅”全球参赛名额只有 700 人左右，报名者两三千人，即使是在跑者圈子之中，了解它的人也并不太多。

在梦想跑超马的那些日子里，我曾疯狂地收集各种与“巨人之旅”有关的资料。那时我才知道，近几年，已经有不少中国人完成过这个比赛。2013 年，人民日报社的记者曾华锋成为第一个完成全程的中国选手（2012 年中国选手高清、于雷、杨建国等人参赛，但因为天气原因，赛事路线临时更改、缩短，他们虽然完赛，却没能完整体验整个赛道）。曾华锋是一个颇具传奇性的跑者。我第一次听到他的名字是在一次去外地跑马的火车上，在邻座跑友的口中，他是一个传奇人物。据说，他原来是一个调查新闻记者，以笔为枪，单挑过黑帮，早年务过农、做过工，后考研进入北京大学，现任职于人民日报社。他痴迷于跑步，跑过几十个马拉松和超马赛事，速度快，耐力好，文章也写得漂亮，在跑者中名气不小。

在成功完成"巨人之旅"之后，曾华锋用一本《奔跑 332 公里》讲述了自己参加"巨人之旅"的故事。他自谓这是他做过的最疯狂的事情之一。奔赴阿尔卑斯山赛之前，虽然他已经是一个有着丰富经验的跑者，但为了顺利完赛，他还是做足了准备，进行了长达 8 个月的备战。8 个月里完成跑量 4300 公里，模拟了各种环境：夜跑、雨中跑、三伏跑、亚高原跑、带伤跑……每跑一步都是在为巨人做准备。所谓功不唐捐，站到巨人之旅的赛道后，一路上他多灾多难，频繁遭遇恶劣天气、高山失温、膝盖受伤、冰雹暴雨、困乏幻觉、孤独沮丧……这些交错在一起，一点点耗尽他的体能，拖垮他的意志。如果没有 8 个月里吃下的苦，那么一定不会有最后完成比赛的运气。

跑"巨人之旅"这样的超马赛，拼的不仅是体力和意志力，也考验你的装备和后勤。曾华锋事无巨细地记录了为巨人之旅准备的装备，诸如：几件衣服、几个头灯、若干药品、高度计、保险单等。跑友不要小看这大大小小几十项准备工作，他们有时候是决定生死的关键。因为没带够保暖设备，喜欢山地徒步越野的爱好者在深山老林里遭遇高山失温，不幸殒命的例子并不罕见。

和曾华锋的征战有点类似的，还有胖胖熊写的《在黑暗中醒来》一书。胖胖熊，本名曹晋，在越野跑界也是大神级的人物。此前，我在清华水木社区上看过不少他亲述的跑步故事，仰慕已久。读了他的《醒来》，更是佩服得五体投地。相较于曾华锋，胖胖熊的征战更显极端。他跑过的赛事，有汉萨 161 公里山地越野赛、侏罗山区 230 公里越野赛、北极 400 公里极限穿越赛、巴伐利亚森林 660 公里赛、环勃朗峰 168 公里耐力赛、环富士山赛……

看到这些陌生的赛事名称，你也许会无动于衷。但在许多跑者的心目中，它们却是一生的终极梦想，可望而不可即。胖胖熊跑过的这些赛事，即使是放在超马里，也可算是“小众中的小众”。它们不仅中签率低，而且淘汰率超高，每次只有几百人、几十人，甚至十几个人能够完赛。

不过，很有意思的一件事是，我在其他人的文章里意外得知，即使是胖胖熊这样经验值满血的跑者，两次征战“巨人之旅”，两次都中途退赛，遗憾失利。这也算是从另一面印证了“巨人之旅”的难度吧。

曾华锋、胖胖熊都提到了在超马赛上中国和世界的差距。曾华锋的书里提到一个细节：2013 年有 24 名日本选手参加“巨人之旅”，17 人完赛，完赛率远高于赛事平均水平。而中国大陆选手有 10 人参赛，却只有 3 人完赛。在赛事创办上，镝木毅创办的 UTMF（环富士山赛）已成为世界知名的超马赛。欧美则更加成熟，围绕着阿尔卑斯山、斯堪的纳维亚山，打造了 UTMB（环勃朗峰耐力赛）、巨人之旅等多个经典超马赛事。中国虽然也有无数的名山大川，近年来在北京、香港、大连、杭州等地也陆续涌现出了一些超马赛事，但在商业化、知名度、组织、服务、路线设计等方面，本土赛事仍和欧美顶级赛事有着不小差距。

这两年，报名参加“巨人之旅”的中国人越来越多。2015 年，有近 100 人报名参赛，最终有 14 人站到了起点线上。超马的热度在上升，但如何打造出一个由我们中国人创办的世界顶尖赛事，仍然是一个任重而道远的梦想。我期待着那一天的到来。

2013 年的“巨人之旅”，曾发生一件令所有跑者，尤其是中国跑者备感痛心的事。在比赛中，中国大陆选手杨源，在夜晚赶路时，不慎摔下悬崖，撞伤头部离世。杨源是内蒙古人，在北京的一家房地产公司做会计。他是一个开朗的跑友，喜欢穿鲜艳的参赛服，常常会在赛道上停下来，给其他跑友拍照。他跑步跑得很疯，哪里有比赛哪里就有他。和曾华锋等有赞助商支持的跑者不同的是，杨源是自费参加“巨人之旅”的。

杨源发生意外后不久，“巨人之旅”的主办方发布了通告，还在终点设立了纪念杨源的海报，让每位完赛选手在此留言。举办方也决定在事发地点立一个石碑，以纪念这位 1040 号中国选手，警示危险。在赛后的颁奖典礼上，主办方邀请了 4 位中国参赛跑者上台，陈漱文还朗诵了杨源与刘玉美在赛前为“巨人之旅”写下的长诗：

一次次的梦想，一天天的等待，心中充满期盼。我们带着遥远的祝福，与世界各地的朋友相聚在阿尔卑斯山下。长城问候阿尔卑斯山，中国与世界牵手。

我们将日夜兼程，呼吸着大自然的芬芳，陶醉于路上的壮丽迷人的风景里。纵横山水中，而无车马喧；驰骋天地间，其气浩然。我们追逐太阳，伴随月亮，穿越风雨，俯瞰山下的万家灯火。一路奔波，一路歌。我们健壮了体魄，更净化了心灵。对自然的热爱，让我们热爱生命，于是，我们的勇气与信心倍增，将一路向前，永不停。

我们将用汗水与毅力收获美好与友谊，永远回忆快乐与自由。

前些天，我又上网找到了当年央视跟拍“巨人之旅”的视频，找到杨源的博客，他留下的照片，跑友的悼念文章，深夜一篇篇翻过，心中仍不时感到一阵阵痉挛。命运就是这样，他未知，他残酷，前一秒钟，对你还是笑脸盈盈，下一秒，也许就是天人永隔。就像有跑友所言，命运常常在你最为意气风发壮志满怀的时刻，给予迎头一击，斩落马下，不留一丝后悔的余地。杨源，这个热爱跑步的人，他的灵魂就这样沉睡在了阿尔卑斯山中。

想到杨源，还想起一个人，也让我难以忘怀：严冬冬。我是在翻开《天生就会跑》时才注意到这个名字的。“天”是一本讲述墨西哥传奇的跑步部落塔拉乌马拉人故事的书，严冬冬是译者。在这本书的扉页上，印着这样短短几行字：

严冬冬

自由攀登者、自由职业译者

毕业于清华大学，2008 年作为北京奥运火炬接力珠峰传递登山队队员，成功登顶珠穆朗玛峰。2012 年 7 月 9 日，在新疆西天山托木尔地区登山下撤途中不幸遇难。

这一百来个简简单单的汉字之外，有着一个更鲜活的严冬冬。1984 年，大雪纷飞的时节，他出生于辽宁鞍山一个普通的家庭。从走进学校开始，他的人生就仿佛开了挂，学习成绩一直名列前茅，最后以鞍山市理科状元的成绩考入清华大学。在大学里，他爱上了登山。毕业之际，和很多清华学生选择出国、进投行央企不同的是，他没有去任何单位工作，而是选择成了一个自由职业者，依靠翻译书籍赚稿费，攒够了钱就登山。这似乎有点不务正业，在很多人眼里，他成了怪人。但也有不少人，尤其是那些因为各种顾虑而屈服于现实生活的人，私底下非常羡慕他，羡慕他活得纯粹，为了理想无所顾忌。

对于登山者来说，死亡是不可回避的话题。珠峰上最让人惊骇的除了雪域奇景，还有那倒在沿途、已成为路标的“干尸”。在走上登山这条路时，严冬冬就有了心理准备，他曾经许诺5年内不会找女朋友，因为“怕有牵挂，就像西门吹雪结婚后，他的剑法就有了破绽。登山很危险，我可能随时都会挂掉，所以暂时不谈感情”。他甚至认为，作为一名登山者，他的宿命一定是长眠深山，这是一件必然会发生的事。一语成谶，我们也许能藐视死神，却不能驱走它。2012年7月9日，在登天山下撤的途中，宿命来了。严冬冬的搭档周鹏回忆了事故的残酷与心碎：

严冬冬不幸坠入冰裂缝。我马上绳降至冰裂缝底部观察状况。冬冬坠落后卡在冰缝，被冰水浸透，坠落时受到撞击，大部分意识失去。我们立刻开始救援。22时以后，冬冬对呼叫无任何反应。但我们仍然施救，持续至23时30分左右，救援的绳索绳皮磨破，无法工作，我们体力也完全透支。在没有任何有效装备且体力透支情况下，救援被迫停止。救援期间，大雪一直持续。

当晚，我和李爽在冰裂缝边露宿一晚。因主绳无法使用，我们没有任何装备可以支撑重新下降至冰裂缝底部观察冬冬生命状态。7月10日早上，我们多次和严冬冬交流，仍然无任何回应。11时，停止营救，向下撤离。

就这样，严冬冬的生命定格在了28岁。严冬冬去世后，家人曾想寻回他的遗体，但受限于恶劣的环境，最后只能忍痛决定让其长眠天山，并在严冬冬登天山的路线上选择了一个海拔低的地方，立了一个简简单单的墓碑，以此纪念。

### 请不要站在我的坟前哭泣

我不在这里，我不会睡去
我是千万缕吹拂的微风
我是簌簌落下的纷扬雪雾
我是朦胧变换的温润烟雨
我是田野上低垂的谷穗
我驻足于清晨的安宁
我也流连于飞鸟盘旋的翼间

那瞬息万变的灵动
我是夜间星辰的光辉
我是绽放的花朵
是无人空房中的静谧
我是千回百转的悠扬鸟语
一切的美之中都有我的身影

请不要站在我的坟前哭泣
我不在这里，我不会逝去

这是严冬冬翻译的美国诗人玛莉·伊丽莎白·弗莱的一首诗。读罢，我想起北大山鹰社那次著名的山难，想起那些因为热爱某项运动而失去生命的人。登山、跑步……每发生一次事故，都会引起轩然大波，大家群情沸腾地讨论着是不是要取消山鹰社，取消长跑。他们说生命可贵，不应浪费时间，不应“不务正业”。在他们眼里，登山有什么意义呢？跑步又有什么意义呢？纯粹是吃饱了撑的。

张晓风有一篇短文，说的是一位老酋长病危，为了挑选合适的接班人，他找来了村子里最优秀的三个年轻人，要他们尽可能地爬到一座山的最高处，然后回来报告见闻，以便确立接班人。一个月以后，那个最终爬到山顶的年轻人回来了。老酋长问他，你在山顶看到了什么？他的回答是，什么也没见到，那里只有高风悲旋，蓝天四垂，你所能看到的，只有你自己，只有自己被放在天地间的渺小感。

高风悲旋，蓝天四垂。当杨源这样的跑者奔跑在阿尔卑斯山，当严冬冬这样的登山者攀爬在天山，那一路上的风景已经足以让他们心醉，群山之间的天地苍茫也一定曾让他们驻足远望。登山的意义只有登山者才会懂，跑步的意义也只有跑者才会懂。战士战死沙场，跑者长眠深山，这也许是从骨子里热爱这项运动的人的最好归宿。

有一年，在跑完杭马回程的火车上，遇到两个同城的跑友。两位跑友一男一女，都是酒店里的厨师。男的已是中年，神色有些沉闷。女孩十八九岁的模样，圆圆的脸蛋红扑扑的，笑起来还有小酒窝。聊起他们为什么跑马拉松，原因很简单：在酒店里做厨师，每天在厨房里切菜炒菜，一切忙完，收了锅碗瓢盆，已是深夜，躺下了又睡不着，于是干脆爬起来，绕着玄武湖跑上两圈。一年跑下来，积累了跑量，认识了跑友，自然而然地就被带动着参加马拉松了。

一路上大家聊得最投缘的话题是：为什么会有人觉得跑马拉松是疯子才会干的事？彼此一聊才发现，原来“吾道不孤”，几乎所有热爱马拉松的跑友身边，都会有几个这样质疑的声音。他们不理解我们为什么要不远千里奔赴一个陌生的城市跑上几十公里，然后又兴冲冲地等待下一次比赛的到来，并且吃喝住行完全都是自掏腰包！有一次在苏州跑半马，我就曾清楚地听到路边有两个阿姨聊天说：“一定是有人掏钱赞助，他们才会这样不要命地跑。”

这样聊了一路，我们约定了下一次跑马一起同行。火车到站分手之际，我说：“杭马有一句口号：‘跑过风景，跑过你。’略略改一下，也许就可以解释我们的疯狂了。”

“改成什么呢？”女孩问。

“那些跑过的风景属于你。”我们相视会意一笑，挥手告别。

“你有什么经历证明了‘念念不忘，必有回响’？”这是知乎上的一个提问。500 多个回答里，许多人写下了自己亲身经历的感情故事，那些当初或有意或无意种下的小因缘，谁也没能想到，它们最后会在念念不忘里开出一朵芳香四溢的花。

在走到操场上决定跑上几步的那一天，我想到的还只是做一点事情，去打发这昏昏欲睡的日子。最多不过是《激战》里，过气的老拳手程辉在决定复出打 MMA（综合格斗赛）时说的那句话：“我不想到临死的时候，连一件值得回忆的事情都没有。”我没有想到，跑步会成为我生活的一部分，那颗当初种下的小因缘最终会从泥土里钻出来，发芽长大，在山野里自由自在的奔跑，一次又一次不远千里的旅途。

我跑得很慢，是一个典型的蜗牛跑者。虽然如此，但每一次跑在陌生城市的街道上，我仍然会不时涌出一种冲动，觉得还有一个更大的世界等着我去触碰。说不定“有生之年狭路相逢”，我也能够去雅典跑一跑传说中菲迪皮茨当年带回胜利消息的那条路。更甚至，也许真的有那么一天，我刻苦训练一番，也能去波士顿跑一跑那以门槛高而闻名世界的波马。

在那个关于“念念不忘，必有回响”的提问里，最高票的回答来自青年作家张佳玮。因为爱吃，他终于有了一本特别献给父母的书；因为爱篮球，做了篮球解说嘉宾；因为念念不忘写偶像王小波的文，最后得到了李银河认可；因为大仲马、雨果，想着早晚得去巴黎，然后真的去了巴黎，去了更远的地方……

这些都算不上是什么了不起的事。但就像张佳玮说的，梦想就是这么回事，绝大多数人最初的梦想，其实都简单纯朴，小孩子能编出什么太功利的梦想来？只不过年纪渐大，初心渐逝，小时候的许多梦想看上去就很呆很傻很天真了。但，怎么说呢，最初的、不是被旁人劝哄出来的梦想，是很私人的东西；各人心头最珍贵的东西，真的只有各人自己明白其价值，会一直念念不忘，直到最后。

假如要我列一个清单，写下一生中想跑过的地方，想看的风景，那么，我还远远没有到停下脚步的时候。

“

有这样一种跑者，当他们每一次穿上跑鞋，走上跑道，就开始了一次自我对话。对话是漫长的，悄无声息的，一天天跑下去，一次次追索内心，体格匀称了，神情也生出了一些淡淡的克制。这样的跑者，他们的眼神有一种内在的豁达，一种自然而然的自信。他们也会大声、爽朗地笑，但是这笑声听起来，带着一些韧性，像一块刚刚出土的琥珀，因为时间沉浸，散发着温厚的晕光，而非水晶般的晶莹剔透，清澈到底。

”

# #03

# 跑步是一场永无止境的修行

○○○○

## 你为什么跑步？

你为什么跑步？这样的发问，很难得到一个标准的答案。同一个跑者，面对不同的场景，在不同的时间，答案也不会相同。有时候，回答“为什么”就像剥洋葱，有的人剥了一层就撒手了，答案简单明了，比如“为了健身”。有的人不停地剥下去，每剥开一层，还有一层，即使剥到最后一瓣，也未必就能够找到那个令自己满意的答案。

我听过的最多的回答，不是减肥、无聊，而是失恋。忽然有一天，发现心爱的人，已经不能再爱，心里的郁结只有靠虐待自己的肉体，才能发泄出来。当然可以去酩酊大醉，彻夜不眠，也可以出门旅行，放肆滥情，但这些似乎都没有跑步来得痛快。想象一下，炎炎夏日里，顶着火辣辣的太阳，一个人在操场上一圈又一圈地跑，汗水大滴大滴地滴落。心中的郁结也似乎藏在汗水里一起滴落入土，消失无影。这样跑着跑着，有些人最后就上了瘾，一步步跑向远方，再也戒不掉。也有许多人，跑着跑着，跑到伤口愈合的那一天，就离开了操场，再也没有回来。

还有一些回答，没有失恋这么直接，是对前路何在的迷惘。身边有几个跑友，是从北上广回来的。在大城市里漂泊日久，有一天忽然感到厌倦，疲惫不堪，于是回到老家，娶妻生子，想过一点安安稳稳的生活。可是归来以后，才发现那个曾一起在游戏厅里一块钱就能玩一个下午的小伙伴已经成了大腹便便的张科长；当初念念不忘的校花也正忙着送女儿去幼儿园，10 句话里有一半是以“我老公”开头，剩下的另一半是“我女儿”。

于是怅然若失，不知所措。谁也没有想到，就在自己离开的那些日子，故乡容颜早已悄然变化。三两个旧相识碰到一起喝几杯，醉意蒙眬之中，想起那些在外的日子，想着自己也曾经豪情万丈，如今却志气消磨，怀疑那张回家的车票是不是真的买对了。第二天宿醉醒来，想走，却又狠不下心，舍不得这个不用挤地铁、没有雾霾、房子一平方米只卖 5000 块的小城。何去何从，难以抉择，于是开始跑步。

当然，有更多的人，没有那么多的理由。也许就是有一天在公园里散步，抬头看到天空湛蓝，心中忽然一动，今天天气不错啊，跑一跑吧，于是就跑起来。或者，只是因为公司发福利，组织一次常规体检，量了量血压，做了做 B 超，然后医生告诉你说：要加强运动，少喝酒少吃肉，否则老来堪忧。于是，一狠心，跑了起来。

有千万种理由，可以让你跑起来，但未必会有千万种理由让你一直跑下去。在大多数人的眼里，跑步是一件枯燥单调的事情，没有足球的战术，没有热血沸腾的围观者，也没有苦苦思虑的落子布局，充其量只是具有一点健康意义的运动罢了。除非你在跑步中体验到了一些特别的乐趣，固执地坚守着一些特别的信念，才有可能一直跑下去。

有人突然跑起来，也有人突然就停下了。有一段时间，我在公司附近的一个小小的森林公园里跑步，经常会看见一对年轻的情侣并肩跑步。跑姿优美，相貌也漂亮。后来突然有一天，只剩男生一人在跑了，女孩再也没有出现，又过了一些日子，男生也消失了。我忍不住想，这里面也许有一个故事，就像《天龙八部》里无量山玉壁上的“神仙”一样，起先是一男一女一起舞剑，后来少了一个，最后，剩下的那一个也消失不见了。有多少爱恨纠缠，在这普普通通的日子里发生?

我为什么跑下去，我体验到了什么?最立竿见影的，也许是我发现跑的路程越长，神经越松弛，跑步会让我快速安静下来，缓解焦虑。那些因为考试，因为前途未卜，因为感情纠葛的种种焦虑、愤怒、慌张，就这样在一次次的抬腿迈步中跑掉了。如果说，当初去跑马，还有一些说不清道不明的虚荣心，那么跑着跑着，在它陪我熬过了每一个睁眼到天亮的夜晚后，跑步已经成为我身体的习惯，成为生活的一部分。就是在那些跑步的日子里，我慢慢觉得，无论将来如何，身在何地，遇见什么样的人，只要我还能跑，我就会跑。

# 与毅力无关，也有关

○○○○

常常有人将跑马拉松和毅力联系起来。有朋友听说我喜欢跑步，经常在周末不远千里跑到一个陌生的城市跑马，最先的反应大多是好奇，然后是疑惑："你为什么要跑步呢？"听完回答之后，往往就会补上一句："你真有毅力。"

"真有毅力"，这句话让我浑身不自在，好像上幼儿园时，老师将原本属于别人的小红花错贴到我的名字上。老实说，我觉得喜欢跑步这件事跟毅力并没有多大的关系。最开始出门跑步，可能是痛苦的，需要所谓的毅力来坚持。但倘若不能打消掉这种被动的毅力，也就谈不上"喜欢"，只是一种苦行，最后十有八九会停下脚步。这个世界上，需要硬着头皮坚持的事情，往往都不会长久。熬过最开始的毅力坚持阶段，许多人跑着跑着，就会发现跑步可以带来许多快乐，久而久之，快乐越来越多，也就慢慢地积淀成了一种习惯。而习惯是与毅力无关的，就像饿了想吃饭，渴了要喝水一样，清晨起来，自然就想去公园里跑几圈，有马拉松赛了自然就心动。

当然，说跑步跟毅力没有多大关系，并不是绝对的。为了踏上跑道，在大赛上跑出一个好成绩，你需要日复一日的积累里程。这种积累是重复的、缓慢的、看不见的，也是单调的。我一周不过跑三四次，仍然有很多时候在出门的那一刻，都要找出各种理由来给自己打气。寒冬深夜里，踏入夜色是需要勇气的。迎着寒冬夜风奔跑，听起来很浪漫，但是当风吹到脸上，疼得像刀割一样时，那就是酷刑了。可是，如果不保持每周三四次的频率，练跑的时间间隔太久，下一次重新起跑肌肉会更加酸痛、更加痛苦。如果将这种日复一日的“自我折磨”称为毅力，那么，我就承认我是一个多少有点毅力的人吧。

看看那些职业运动员的故事也许会有更深的体会。任何一个经过训练的跑者都可以跑上 30 公里，但是不管你是奥运选手，还是仅仅只是为了减肥的普通人，在一场马拉松赛里，跑过 30 公里之后，你都会觉得接下来的十几公里特别漫长，脚下的跑道仿佛永无尽头。那时候，身体濒于极限，极点来临，你的小腿会痉挛，步幅会缩小，肌肉的抽搐蔓延到大腿。你会感到气闷，放弃的念头油然而生，几乎会困扰你接下来的所有路程。“还有 500 米就结束了”“超过前面那个人就好了”，这种时候，这些没什么意义的废话也会闪耀出动人的光芒。一路上，你会千万次地诅咒自己为什么要做跑马拉松这种傻事，并发誓永远不会再有下一次。

有意思的是，虽然在长跑中会时时心生放弃的念头，却很少有人真的会放弃。在一场马拉松赛中，克服放弃的念头，似乎比一个人坚持在清早 5 点起床要容易一点。对于上班族来说，可能每天起床是最艰难的——我还从来没看见有人每天开开心心地起床去上班。记得我刚上班那会儿，有好多个早晨都是磨到闹钟响了一遍又一遍，如果再不起床就要迟到扣钱的时候，才会身手如飞地穿衣洗漱，冲出家门。那时候，躺在床上，有千百万个理由跑出来："打个电话请假吧，就说今天发烧要去医院""今天堵车，要迟到一会儿"……

其实，这些挣扎都是无谓的，最后还得老老实实地起来去上班。如果在 8 个小时的空调房里上班和在烈日下完成 42 公里的跑马之间做选择，我还是愿意选跑马。

# 不要用马拉松来比喻人生

○○○○

看过一个日本广告片：一群跑者挤在起点，枪声响起，所有的选手开始奋力向前奔跑，主人公也是其中的一员，“今天也继续跑着，每个人都是跑者，时间往前不停流逝，这是一场不能回头的马拉松比赛，跟对手竞争着，在时间洪流这条直路上跑着，想比别人跑得更快，相信前方有美好未来，相信一定有终点，人生是一场马拉松”。

的确，这是我们大多数人的生活。人生是一场马拉松，这样的比喻，挂销穿榫，一分不多，一分不少。不是吗？我们常用这个比喻来安慰那些我们以为他输在了起跑线上的人。我们告诉他，人生道路漫长，你也许出发晚，但是只要咬定目标，漫漫42公里的长途，你还有无数的机会可以超过那些掉队的人，追上先行者，暂时的落后不重要，能否抵达终点才重要。

人生好像真的是这样。我们上完小学、升初中、读大学、找工作、结婚生子，每天睁开眼，按照既定的轨迹奔跑，战战兢兢害怕跌倒，一刻不停唯恐被超越。就像有那么多的跑友，疯狂地追赶着，刷新成绩，就为了能够在冲线时，大声地呼喊：我做到了。一路上，你想着一定要跑出一个好成绩，有时候，你也会超过了几个人，但似乎总有人跑在你的前面。你焦虑不堪，恨不得一天掰成两天过……

也许某个午夜梦回之际，你会有一丝犹疑浮上心头：也许这不是我想要的生活，梦想中的我不应该是这个样子。然而，夜想千条路，天亮还是卖豆腐，第二天起来，你还是洗洗漱漱，提上公文包去上班。

有这样的跑者，在他们踏上跑道之初，有着清澈透明的笑容，但是跑过的路越来越多，当初的快乐却越来越少。每一天精准地计算跑量，计算配速，计算卡路里，“怎样才能跑得更快”或“怎样才能追上前面的人”，一块块无形的砝码，沉甸甸地压在心头。马拉松有规定的路线、有起点、有终点、有方向、有竞争，踏上跑道的那一刻，你就必须一往无前地向着终点奔跑。可是人生，也一定是这样吗？

那个日本广告片里的主人公跑着跑着，突然停下脚步，转身向片外的我们发问：“真的就是这样吗？这比赛谁定的？终点谁定的？”疑问之中，他偏离了既定的跑道，冲向了人群。其他选手在短暂的犹豫之后，也开始冲出跑道，跑向四面八方……

“该往哪跑才好？有属于自己的路。我们还没看过的世界，大到无法想象，偏离正轨吧，烦恼着，苦恼着，一直跑到最后，失败又怎样？绕点路又怎样？不用跟人比，路不止一条，终点不止一个——人生不是一场马拉松，人生各自精彩。”画外音响起，极尽洒脱与美好，令人血脉贲张。

人生也许并不是一场马拉松。或迟或早，我们中的大多数，都会明白自己终其一生都将是一个卑微的普通人，过着朝九晚五的生活，为薪水发愁，为生老病死发愁。但是，谁又说普通人的人生必须如此呢？必须成家吗？必须工作吗？必须向着终点拼命奔跑吗？我们完全可以换一条路起跑。这条路可以是百米短跑、是越野、是游泳、是你停下脚步掉头回家的路、是你无所事事地漫游世界。

“不要因为走得太远，而忘记为什么出发。”这是已故央视纪录片导演陈虹的一句话。无论我们在哪一条路上跑了多久，都不应忘记。

# 只是一种生活方式罢了

○○○○

有些朋友得知我喜欢跑步，会一口气问出一大堆问题：跑步能减肥吗？能延长寿命吗？能带来健康吗？能让你快乐吗？跑步究竟有什么好处？这些问题大多数我都没法回答。我当然希望给出一个满意的解释，但是在面对“究竟有什么好处”这种问题时，太多时候我们就像是一个出海打鱼的渔人，满心欢喜地撒下了一张网，准备着满载而归，但收网之时，却失望地发现渔网空空荡荡，没有一丁点儿鱼虾。

对于一个成熟的跑者而言，跑步这件事，只是生活的一部分，计划着去外地跑马，完成一次又一次训练，周末去公园跑一圈，然后回家洗个澡睡觉，第二天早起上班。如此周而复始，只要你能从中感到快乐，无论是躯体的满足，还是精神上的愉悦，那么，跑步就完成了它的使命。跑步就是跑步，用不着神化，它和跳舞、骑车、游泳、登山、做爱、抽烟、喝酒一样，不是什么包治百病的良药，也谈不上是中产阶级的品位象征。说到底，它只是一种生活方式罢了。

这种生活方式也许是健康的，就像那些休闲杂志里说的那样，跑步能改善你的心血管、你的形体、你的社交。但是，也有不少时候，休闲杂志没有说的是，跑步也是一件极度危险的事。因为沉迷于跑步，闹得夫妻关系紧张，最后婚姻破裂的不乏其人。还有许多跑者，因为太过追求速度或者里程，不顾身体的负荷，感动于自己所谓的毅力，最后病痛爆发，造成了不可逆的伤害。

这种生活方式，有人真心赞叹，也会有人点赞朋友圈之余，嘀咕一句：装。我就遇到过不少这样的人："啊，跑步是一件很傻的事情啊，竟然还有人自掏腰包练跑步。"在比现在还要年轻的时候，听到这样的话我总会忍不住辩上两句，如今呢？再闻此言，不过微微一笑，找个借口走开了。

这个世界很大，远比我们想象的要大。那些在你看来无聊、没有意义的事情，也许并没有那么无趣。那些在你看来悲情、欢笑的故事，也许并不是真相。喜欢跑步的人，和那些四处寻找美食、热衷出国旅游、一本接一本地读书、为了工作通宵达旦者一样，并无本质的区别，都是在为自己的热爱而付出。克里斯托弗·麦克杜格尔在《天生就会跑》里有一句话是这样说的：所谓"挑战极限"，并不在于你做的事情有多么危险，而在于你能拥有多少好奇心和勇气。从这个角度来说，始终对这个世界抱有一份好奇，才有可能遇见别样的风景，所以“永远年轻，永远热泪盈眶”这样的誓言才会打动我们。

有许多夜晚，我出门去山上练跑，沿着盘山公路，一路跑到山顶最高处的观景平台。夜风习习，无数的星星在天上闪耀，倚着栏杆，俯身低看，整座城市的灯火，在沉沉的夜色里点点散落。就这么看上几分钟，什么话也不说，什么事也不想。那时候，我就会觉得这种一路奔跑的生活方式挺好，值得我为之沉溺。

# 所谓『跑者』

○○○○

“跑者”这两个字在我的心中有着特别的分量。跑——者，分开来读，似乎并没有什么特别的意味，合起来也不过是“跑步的人”的意思。但不知为何，每次我一张开嘴，一口气不停地吐出“跑者”之时，总觉得有一种凭空而出的严肃，好像一个平平无奇的老物件，上了新漆之后，重生光芒。“我是一个跑步的人”与“我是一个跑者”，意思虽然一致，但其中的差别也许比 KTV 里的麦霸与录音棚里的职业歌手还要大。

我总觉得自己配不上“跑者”这个称谓。当一个跑步的人以“跑者”自谓时，跑步已不再是一种单纯的喜爱、酒足饭饱之后的谈资，而成了一种正在孜孜追求的事业，内心里隐隐约约的信念。和那些起早贪黑、想尽一切办法挤时间训练的跑者相比，我的训练简直有辱“训练”这两个字。我常常是兴之所至，连续跑上一个星期也不知疲倦，意兴萧索了，则半个月不摸跑鞋也很正常。三天打鱼两天晒网，跑马的成绩自然也是平庸得不能再平庸，常年在400名左右。

跑步之于我，与其说是喜爱，不如说已经成为一种习惯。当初跑马的新鲜劲头，追求成绩的淡淡虚荣心，早已经消失在一次次的抬腿迈步中。就像那些厮守了几十年的夫妻，相依相扶的亲情往往大过嫣然一笑的爱情。有时候，我甚至觉得和那些没有任何功利心，只要能跑步就很高兴的跑者相比，我的喜爱，或者说习惯，也似乎没有那么发自肺腑、刻骨铭心到不能忘记的地步。

有这样一种跑者，当他们每一次穿上跑鞋，走上跑道，就开始了一次自我对话。对话是漫长的，悄无声息的，一天天跑下去，一次次追索内心，体格匀称了，神情也生出了一些淡淡的克制。这样的跑者，他们的眼神有一种内在的豁达，一种自然而然的自信。他们也会大声、爽朗地笑，但是这笑声听起来，带着一些韧性，像一块刚刚出土的琥珀。因为时间沉浸，散发着温厚的晕光，而非水晶般的晶莹剔透，清澈到底。他们的克制，常会让人误以为是冷漠。但我想，与其说是冷漠，还不如说是因为长年的奔跑，而生长出的一种自我摒弃的保护。在一次次的奔跑中，他们将感情藏得越来越深，小心地与这个世界保持着距离，等待着一场跑者与跑者的相遇。——我喜欢这样的跑者，我希望自己有一天也能变成这个模样。

# 生与死，只是一个路口

○○○○

跑步以后，我慢慢多了一些对死亡的理解。人生一世，除了我们都要死这件事以外，大概没有什么事情是我们可以肯定的了。偏偏理解死亡很容易，但接受死亡很困难。在老家路跑，亲眼看到过两次交通事故。一次，我在路口等红灯，一个骑摩托车的男子，一脚急刹车从我面前直接滑过倒地，瞬间血流满面。还好是清晨，行人车辆不多，没有造成更大的意外。另一次，我跑步经过路口，事故已经发生，一辆大卡车撞倒了一个骑自行车横穿马路的中年男人。围观者说卡车是直接从中年男人的脑袋上碾压过去的，鲜血和白色的糊状物散落在黑色的柏油路上。我仅仅看了一眼，就转过脸，再也没有回头。

那一天，在接下来的路跑中，我的胸口堵得慌，不敢回想，但又偏偏忍不住去想，不时感到一种干呕。想起《少年派的奇幻漂流》里派对前来寻找故事的作家说的一句话："我猜，人生到头来就是不断地放下，但遗憾的是，我们却来不及好好道别。”不断地放下，却又来不及道别，这也许就是生活的真相，就像我看到的那两次事故，残酷、直接，措手不及。生与死，只是一个路口，一个红绿灯而已。

每一次我出门去跑马，家人都会忧心忡忡地说：“听说跑马容易猝死，你可要担心啊。”我有些哭笑不得。中国的跑步爱好者有数百万之多，但因参加跑步赛事而猝死的案例，每年也不过寥寥几起。也许只是因为“马拉松”三个字太具噱头了，每逢比赛，媒体云集，一旦发生意外，新闻瞬间就会铺天盖地，所以才给大众造成了跑马拉松容易猝死的“负面”印象。这就像空难的发生率其实远低于大巴，但仍有人坚持认为飞机很危险，宁愿熬夜坐大巴，也不选择坐飞机。

每年的马拉松赛，甚至学校的体育课、运动会上都常会爆出学生因跑步而猝死的新闻。也几乎每一次事故发生之后，舆论都会一边倒地指责救护不到位、保险不完善、资格审核不严……最开始，我也是半信半疑，亲身跑了几年步以后，我觉得这些指责多半是情绪性的宣泄，对认识“跑步”并没有多大帮助。

我第一次注意到马拉松赛的事故，是在 2012 年。那一年广州第一次举办马拉松赛。本是一场展示城市形象的盛事，最终却因为参加 10 公里组的大学生陈杰猝死在终点线上，而闹得沸沸扬扬。陈杰为什么会猝死？许多报道都提到陈杰是一个热爱运动、喜欢跑步的人。言下之意，他应该体质很好，不太可能猝死。但没有病史不代表没有疾病，即使是职业运动员，也不乏猝死者。在常规的体检中，很难发现一个人具有猝死隐疾的。从事故现场的图片看，陈杰似乎也没有充分意识到跑步的专业性。他参加比赛穿的是休闲长裤，鞋子是篮球鞋——一个合格的跑者是绝对不会这样大意的。这样“玩票”般的装备不算最夸张的。我还亲眼见过穿牛仔裤、人字拖跑半马的！

认识很多刚刚走上跑道的跑友，他们抱着一股挑战自我，大无畏的冲动去跑全马。他们以为跑步是一件简单的事情，甩开两腿就可以跑，“跑步也需要学习？”“跑步也要教练？”这样的话我经常听到。有太多的时候，那些看起来简单的事情，真的只是看起来简单罢了。热爱运动，喜欢跑步，并不一定就能跑马拉松。马拉松是一项需要毅力的比赛，但这毅力很大程度上并非指比赛当天，只要咬紧牙关，坚持坚持再坚持，就能跑完全程。它的“毅”更多的是指在正式跑马之前，你需要付出大量的精力练习，一步步积累里程，让身体逐步适应马拉松的强度，理解比赛的艰苦。练习的过程漫长、单调且乏味，许多人都在中途选择了放弃，那些能日复一日坚持下来，最终走上起点线的人，当然配得上“毅力”二字。

因运动而殒命的悲剧过去有，现在有，将来也还会有。如果体质不错，运气好点，那么咬着牙跑个 10 公里，甚至 20 公里，都不会有大碍。但谁又能保证悲剧不发生在你身上呢？要想将风险降到最低，我们能做的就是认真对待跑步，老老实实花上几个月的时间练习，在比赛中控制好节奏，合理分配体能，坚持不住的时候千万不要逞能，要知道朋友圈的点赞远没有自己的生命重要。

那些消失在跑道上的生命，祈祷他们可以一路走好，在天堂里永远不停息地跑下去。

“

从他 30 多岁决定做职业作家起，他开始长跑，20 多年来几乎每天早晨都要穿上跑鞋，出门跑上 10 公里，一年最少参加一次全程马拉松。近 30 年里，从夏威夷的考爱岛到马萨诸塞的剑桥，他用双腿丈量了大地。

”

# #04

# 故事里始终都有爱

○○○○

『你若遇上麻烦，不要逞强，你就跑，远远跑开』

○○○○

十多年前的一个下午，在中学的英语课堂上，老师放了几分钟《阿甘正传》让我们练习听力。闪回的片段里有阿甘坐在长椅上的低诉，跑过美国 66 号公路的身影，还有珍妮大声地呼喊：“Run! Forrest! Run!”在那以后，我看了无数遍《阿甘正传》，也听了无数遍的“Run”。

太多的人被这部电影打动，却忽略了原著的精彩。《阿甘正传》出版于 1986 年，1994 年改编成电影上映。相对于电影缓慢的抒情味道，小说《阿甘正传》有着浓浓的讽刺味道。除了电影中橄榄球员、乒乓球手等身份，小说里的阿甘经历更神奇、更荒诞不经，他虽然被很多人认为是白痴，但是数学成绩一流，甚至还有一个来自动物界的挚友：大猿猴。他当过宇航员、摔跤手、象棋大师，搞过摇滚，在非洲遭遇食人族，和大明星玛丽莲·梦露一起拍电影，竞选议员……无论是电影，还是小说，两者都给了我太多的感动，或者说，两者放在一起，会让我们了解一个更完整的阿甘和一个更完整的世界。

无论是原著还是电影，阿甘都深爱珍妮，历经时光波折，仍痴心不改。电影里，两人相聚时间很短，直到珍妮生命的最后时刻才终于算走到了一起。但在小说中，两人早早就在一起同居了。和电影里相同的是，小说里的阿甘也深爱着珍妮，用着一种白痴的傻气和笨拙。不同的是，小说里的阿甘更加笨拙，像个浑小子，不懂得如何去爱，他抽大麻，最终伤害了珍妮。两人几聚几散，直到最后珍妮嫁给了别人，过上了幸福的生活。

那时候的阿甘，也许就是“谁在年少时没有爱过几个人渣”里的“人渣”吧。可是，谁又能说，白痴不懂爱？有时候只有彼此深爱，才会互相伤害。在小说里，当阿甘听到珍妮嫁人的消息之后，他躲在丛林里，“我就好像内心有一部分死掉了，而且永远不会活过来。夜里不知道什么时候我哭了，但是并不怎么管用”。

今天，我在写下这些的时候，“Run！Forrest！Run！”，珍妮的声音似乎还在耳边回响。在小说的结尾，阿甘做虾生意发达后，喜欢在街边吹口琴，自得其乐。与这样的结尾相比，电影的结尾令人心碎，轻易就把人击毁。

“你若遇上麻烦，不要逞强，你就跑，远远跑开”，相比于妈妈的巧克力，珍妮的这句话更像真实世界的生存指南。在电影里，阿甘跑过了江河湖海，来回穿越了美国四次。但是可惜，小说里没有这些情节。阿甘为什么要奔跑呢？我想一定是因为妈妈和珍妮的先后离开，他感到心中有了某种郁积的东西，非将它发泄出来不可。除了白痴的智商，上天还给了他强健的双腿。所以，他就跑了。一直跑了 3 年，那份郁结才跑掉，他在 66 号公路上停下来，说了一句："我累了，我想回家。"

"生活就像一盒巧克力，你永远无法知道下一块的味道。"那些年里，我也四处奔跑，想跑所有的路，看不同的风景，根本不会想到有一天自己也会尝试跑步这块巧克力。后来，我真的开始跑了，跑得越来越多，许多事情也变了。

世界太复杂，我们常把油滑当成熟，把幼稚当单纯。世事经过，才知道，单纯是一种最难得的品质，纯粹、简单。有时候，当你用白痴的眼光看世界，整个世界突然变得无比真实。想起书中，阿甘的朋友丹写给他的信，似乎在冥冥之中预言了他的前程：

我完全不认为你是个白痴。或许依照测验的衡量标准或是一些愚人的判断，你属于某种类别，但是内里，阿甘，我见过在你心智中燃烧的好奇火花。顺流而行，我的朋友，让它为你所用，遇到逆流浅滩时奋力抗拒，千万别屈服、别放弃。

祝愿那些跑在路上的朋友，也能永远燃烧着好奇的火花，到逆流浅滩时奋力抗拒，千万别屈服、别放弃。

## 雨中的3分58秒

○○○○

这个世界上，讲述谋杀、爱情、战争的小说浩如烟海，但以运动员，尤其是跑步为主题的故事却不多。这可能与跑步的特点有关。在多数人心中，跑步无非是抬腿，迈步，再抬腿，再迈步，周而复始，单调枯燥，这有什么好写的？偶有作家涉猎，也只是一些吉光片羽的描述，用“跑步”来推动故事情节的发展，展现主人公某种坚强毅力的性格品质罢了。比如《马拉松大盗》，我买这本小说完全是冲着“马拉松”三个字，可是一遍读下来，却微感失望，那个抢劫银行的大盗，除了曾经是个优秀的马拉松选手外，全书的故事情节几乎和马拉松没有任何关系。

当然，少并不代表没有。约翰·帕克的《雨中的3分58秒》就是“少”中之一。这本以跑步为核心的小说，讲述了这样一个故事：一个叫卡西迪的大学生，一直在挑战1600米的“4分钟障碍”。为此，他过着苦行僧式的训练生活。然而，天有不测风云，有一天，他因为参与一起请愿活动，而被学校禁止参加比赛。在朋友的帮助下，他退学隐居到一个森林小屋里，终日默默苦练，终于在一个下着细雨的夜晚，一次普通的练习中跑出了 3 分 58 秒的佳绩（在"复出"之后的比赛中，他还跑出了 3 分 52 秒的成绩）。

就是这样一个故事，说起来也很简单。如果你喜欢的是那种跌宕起伏、冲突不断的故事，那么这本书一定不合你的胃口，可以放下了。对于许多读者来说，约翰·帕克絮絮叨叨写下的跑步的感受、心理活动、练跑细节，可能是十分乏味的，但对跑者来说，你的毒药，却是我的甘醇。每当我在书里读到那些与跑步有关的细节，常会心生一种"我也是如此""吾道不孤"的代入感。据说当年作者约翰·帕克写完这本书，一度找不到愿意发行的出版社，只好自印自卖，但出人意料的是，口耳相传之中竟然卖出了近 10 万本，"一度成为美国图书馆失窃率最高的小说"——不知道这种说法是怎么来的，听起来似乎有些言过其实。

在书中，卡西迪有一个女友安莉亚。故事的最初，她被卡西迪想要成为时代的传奇、想要发光发亮的梦想打动，两人如胶似漆。然而，短暂的甜蜜之后，分歧产生了。安莉亚埋怨卡西迪逃学、赶不上晚餐、觉得他不知道自己有多在乎他、有多么想解决这些问题。而一切分歧的根源就是因为卡西迪要练习跑步。可是卡西迪觉得，跑步这件事不容妥协，根本没有讨价还价的余地，一件事情要么好好去做，要不就干脆别碰。最终卡西迪给不了安莉亚安全感，而安莉亚又不能了解那个连卡西迪自己都似懂非懂的神秘境界，双方只能分道扬镳。

这个两人相爱继而分开的经过，像极了尘世里男女的爱恨纠缠。不是吗？在最开始，女人都是被男人的梦想打动（或者男人因女人的温柔动心），然后，女人发现男人的缺点，试图改变男人，但男人固执己见，于是大吵，最后女人觉得没有安全感，于是大家不欢而散。电影《爆裂鼓手》里，为了全身心地投入到打鼓中，主角安德鲁在快餐店里向女友提出分手。他说了这样一大段话，仿佛是未卜先知地推论了整个过程："我直说了吧。这就是我觉得我们不该在一起的原因。我想了很久，这就是接下来会发生的事：我会一直追求我要追求的，这会占据我越来越多的时间，我会没什么时间陪你，而当我花时间陪你的时候，我还是会想着练鼓，我会想着爵士乐、乐谱之类的事情。然后你会因此开始怨恨我。你会劝我别那么玩命练鼓，多花点时间陪你。因为你觉得自己不受重视了。但我肯定做不到。我会因为你不让我练鼓而恨你，然后我们会开始互相憎恶，场面会很难看。所以，考虑到这些，我宁愿现在就分手，因为我想更优秀。"

我最喜欢的是《雨中的 3 分 58 秒》的后半部分：卡西迪离开队友，隐居森林小屋，终日练跑。在熬过最初的孤寂之后，他很快就习惯了这样的生活方式：严格的训练，大量的阅读，简单的饮食，有时像大熊般的冬眠，以及对着锅碗瓢盆自言自语。他反复地练习400米间歇跑，有一天甚至近乎自虐地连续跑了60个400米，将自己逼到极限。就像书里说的，要想跑得快，就要跑得远。在练跑中的那种生不如死，那种汗水滴滴落下，那种孤独寂寞的心情，非跑者难以体会。

我相信这些是约翰·帕克的切身体验。约翰·帕克自身也是个跑者，他在大学时代创造过多项赛跑纪录，并参与了奥运会的培训。热爱跑步的人很多，热爱写作的人也很多，但两者兼而有之的并不多。前几天，我又重温了一次卡西迪练跑的段落，依然像第一次读到一般，感到热血沸腾，想要立即穿上跑鞋出门跑几圈。

# 光脚是最好的跑鞋

赤脚跑的理念，随着克里斯托弗·麦克杜格尔《天生就会跑》的畅销而广为人知。在墨西哥的铜峡谷隐居着一个神秘的部落——塔拉乌马拉部落。他们被誉为史上最强的长跑群落，隐居峡谷深处，不为人知。麦克杜格尔爱好跑步，但饱受脚痛之苦。于是，他千方百计地找到了铜峡谷，学习塔拉乌马拉人的跑法，最终脚伤不治而愈，神奇地站到了超马赛道上，并且写下了《天生就会跑》。

犹记得当我第一次跑在马拉松赛道上，最惊讶的不是那些千奇百怪的 Cosplay（角色扮演），而是一群不穿鞋袜，赤着脚，脚脖子上系着一个小铃铛，丁零零从我身边跑过的赤脚跑者。他们被大家亲切地称为“赤脚大仙”。一场马拉松跑下来，穿着各种时尚跑鞋的跑者脚底往往都会磨出几个大水疱，痛得龇牙咧嘴，但这群赤脚大仙却安然无恙，行走自若。

“赤脚跑不痛吗？”终于有一回，我忍不住好奇心，追上一个赤脚跑者，问出了心中的疑虑。“不痛，循序渐进，慢慢习惯就好了。”说完，他大步向前跑开了。后来，见到的赤脚跑者多了，详细聊了几回，才知道赤脚跑已经成为一种潮流。按照这些“赤脚大仙”的说法，赤脚跑不仅省钱，最重要的是，它更符合健康，更能保护我们双脚不受伤害。

赤脚跑更健康，光脚才是最好的“跑鞋”，这个理念也许是正确的。很多跑者在走上跑道之初，都会详细地去了解平足、内翻、外翻、缓震、支撑这些概念，以便购买一双合适的跑鞋，保护双脚免受伤害。但有趣的是，无论你掌握了多少跑鞋知识，小心翼翼地注意跑量，提醒自己不要运动过度，却仍然难以避免受伤，或迟或早，都会遭遇跟腱撕裂、筋膜炎、脚踝扭伤……

问题的根源在哪里？在赤足跑爱好者看来，答案是两个字——跑鞋。跑鞋是双脚受伤的根源。在20世纪现代跑鞋发明之前，人类很少因为跑步而受伤。在漫长的进化中，人类赤脚在大地上奔跑了几百万年，双足演化出了复杂的结构。人类天生就会跑，生存是最好的导师。人类之所以能够成为人类，恰恰是因为擅长跑步，能够进行“耐力狩猎”，才在大自然里生存了下来。即使在发明了鞋子以后的很长时间里，人类也大多是穿着很简单的、鞋底很薄的鞋子跑步，很少因跑步而带来损伤。可是，随着工业文明的发展，人类越来越迷信所谓的“科技”，发明了减震、矫正等一系列五花八门的概念。在现代跑鞋的影响下，跑者不知不觉变换了跑姿，从前脚掌着地变成了后脚跟落地，双足、膝盖承受的压力越来越大，伤害自然随之而来。——这就是《天生就会跑》试图论证的核心观点。

我查了一些资料，这种观点有严肃的科学研究证实。长跑爱好者，哈佛大学人类进化生物学家丹尼尔·雷柏尔曼和同事们调查了200位穿鞋和赤脚的长跑者，结果发现，在跑步中，赤脚者比穿鞋者受到的冲击力更小，在足部与地面冲撞的一瞬间，赤脚者感受到其自身体重0.5到0.7倍的冲击力，而穿鞋者的脚后跟感受到其体重的1.5到2倍，是光脚者的3到4倍。丹尼尔·雷柏尔曼等人认为，赤脚跑可以降低疼痛和关节磨损发生的可能性，许多长跑引起的伤害，诸如外胫夹和足底筋膜炎都是压力和冲击造成的。

如此看来，光脚才是最好的“跑鞋”呀。

# 胖子没有未来

在40岁生日的前夜，一个中年男人在看了整整3个小时的肥皂剧、摄入了上千卡路里的热量后，决定上楼睡觉。可是当他关了灯，拖着94公斤的身躯，仅仅只爬了8级台阶，脸就憋得又红又烫，寸步难移。看着堆在裤腰上的大肚腩，他惊觉自己已经成了一个肥胖、神情抑郁、自暴自弃的中年男人。

那一夜，他意识到自己需要彻头彻尾的改变，换一种全新的生活方式。从第二天起，他开始尝试严格的素食主义和运动，一边吃蔬菜，远离肉食、奶制品，一边骑自行车、跑步、游泳。几个月之后，他就有了全新的感受：精神振奋，体力充沛。随后，他报名参加了当地的一项铁人三项比赛。再过几个月，他甚至能够参加这个星球上最让人望而生畏的耐力赛之一：奥特曼世界超级铁人锦标赛。在这项比赛里，选手们需要在3天里完成10公里游泳、

427 公里自行车、84 公里跑步。

这个中年男人叫里奇·罗尔。这个绝地反击的精彩故事，来自他的《奔跑的力量》一书。他的故事不仅是传奇，也昭示了一个普通人可以实现的梦想的高度。

这几年来，我身边挺着大肚腩的中年胖子，似乎有越来越多的趋势。据新加坡《联合早报》的报道，美国华盛顿大学一项研究表明，中国目前有 4600 万成人“肥胖”，3 亿人“超重”，成为世界第二大肥胖国，肥胖人数仅次于美国。虽然我们常常说“心宽体胖”，但肥胖往往意味着不健康，不健康的人想要“心宽”可不是一件容易的事。这个社会是残酷的，我们常说“胖子没有未来”。这句话在政治上是不正确的，但现实是残酷的：买不到合适的衣服，总被人怀疑是个大吃货，吵架的时候被骂“死胖子”，找工作的时候比不过貌美肤白的小清新。

有意思的是，在中国成为肥胖大国的同时，马拉松、越野赛、铁人三项这样的运动也像雨后春笋一般兴盛起来。以马拉松为例，2016 年，大陆至少有 200 场与马拉松有关的赛事举办，北京、上海、杭州、广州、天津、拉萨等都位居其列。像北京、上海这样的热门举办地，参赛名额会在开放报名数小时之内被一抢而空。

除了被书中的铁人三项和素食主义吸引外，里奇·罗尔故事中最打动我的还是他对自己早年酗酒、戒酒经历的回忆。从上大学开始，里奇·罗尔就沉溺于酒精，这让他失去了成为顶尖游泳运动员的机会，离开大学以后酒精又毁了他的婚姻，还好几次搞砸了工作，让家人伤心不已。

没有酗酒、戒酒经历的人，可能永远也无法体会这其中的艰难。幸运的是，里奇·罗尔最终戒酒成功，并且发现自己在陷入了绝望之境后，勇敢地绝地反击，上演了一场惊天大逆转，犹如凤凰涅槃。

我们身边有许多人，都像当年的里奇·罗尔一样，沉溺于酒精、肥皂剧，对各种垃圾食品狼吞虎咽。这样不健康的生活状态，也许他们曾经想过改变，却似乎总是缺了那点迈出步子的勇气。我相信，读了里奇·罗尔的故事，会让你热血再次涌上心头，迫不及待地穿上跑鞋。毕竟很多时候，促使你改变的是信念，而不是体力。

## 『任何一把剃刀都自有其哲学』

○○○○

一直喜欢村上春树，还是一个高中生的时候，我就读过他的《挪威的森林》。渡边与绿子、直子的感情故事，平缓舒雅又略带感伤，深深地打动了我。那时，我还处在一个“为赋新词强说愁”的年纪。在语文课本的边角空白处，我大段大段地抄录过渡边漫步海边的沉思，甚至还在高考作文里模仿了一把。

《当我谈跑步时，我谈些什么》，书名袭用了雷蒙德·卡佛的短篇集 *What We Talk About When We Talk About Love*（《当我们谈论爱情时我们谈论什么》）——一本在文艺青年中享有极高声誉的小说集。村上的这本书，没什么情节，也没什么曲折，但读起来特别舒服，行云流水，任其自然。那些关于跑步的点滴感受，有许多是沉在我心里，能感知到却无法表达的东西，忽然发现有这么一个人也在跑，跑出了我所渴望的境界与体悟，自然有了心心相印之感。

这个世界上热爱跑步的人很多，但能够亲身去尝试马拉松的人很少，而身为写作者，又像村上一样认真的跑者估计就更少了。作为跑者的村上，像他的写作一样，都可以用“认真”两个字来形容。从他 30 多岁决定做职业作家起，他开始长跑，20 多年来几乎每天早晨都要穿上跑鞋，出门跑上 10 公里，一年最少参加一次全程马拉松。近 30 年里，从夏威夷的考爱岛到马萨诸塞的剑桥，他用双腿丈量了大地。

“任何一把剃刀都自有其哲学。”村上非常赞同英国小说家毛姆的这句话，意为无论何等微不足道的举动，只要日日坚持，从中总会产生出某些类似信念的东西。对于他来说，写作与长跑一样，最重要的是勤勉，而且持之以恒。跑步给他带来了显而易见的改变：肌肉健壮，体力充沛。日日坚持让他省视自己的性格，体察作为写作者的职责。村上坦陈自己不是一个适合团体竞技的人，不以独处为苦，也不甚在乎胜负成败，虽然脑子并不是一个多么好使唤的人，但无论做什么事，一旦决定，必得全力以赴。这种性格天生就适合长跑。每天 1 个小时的跑步，让他确保有属于自己的沉默时间，对一个写作者的精神健康来说，这具有十分重要的意义。

《当我谈跑步的时候，我谈些什么》中有一段：“今天觉得身体好沉重啊。不想跑步啦。”经常有类似的日子。这时候便寻找出形形色色冠冕堂皇的理由来，想休息，不想跑了。我曾经采访过奥运会长跑选手濑古利彦，在他退役就任 S&B 队教练后不久。当时，我问道："濑古君这样高水平的长跑选手，会不会也有今天不想跑啦，觉得烦啦，想待在家里睡觉这类情形呢？"濑古君正所谓怒目圆睁，然后用了类似"这人怎么问出这种傻问题来"的语气回答："那还用问！这种事情经常发生。"

真是人同此心，心同此理啊！村上坚持每天最少跑 10 公里，雷打不动。我也曾努力坚持过这个里程，但最后都没能坚持住。表面看起来是觉得体力消耗太大，身体素质跟不上，但实际上，可能还是惰性作祟。很多时候，按计划日程，我得跑多少多少，但每每起跑不过三两圈，就会觉得"今天好累啊，少跑几圈吧"。很多时候，跑着跑着，真的觉得好累好累，不停给自己找理由："已经休息两天了，今天应该是恢复跑，不要一下子用力过猛""还有 2 个月，不急""膝盖好疼啊，明天在跑吧"……一旦心生此类想法，它就会成为梦魇，在接下来的一圈又一圈里，挥之不去，要么你战胜它，要么它打败你。

村上的跑步生涯和写作生涯，都开始于"三十而立"的年纪上。在 33 岁的人生分水岭上，他开始了长跑者的生涯，亦正式站在了小说家的出发点上，数十年的坚持，成就有目共睹。我想，村上的经历最起码启示了我们一点，只要去做，梦想永远都不会为时过晚。能够意识到困难所在的事情，往往多努力一步，多坚持一会儿，就可以解决。翻开《当我谈跑步时，我谈些什么》之时，我正在前往苏州的旅途上，准备开始我人生的第二个半程马拉松。一边阅读村上关于写作、跑步的点点滴滴，一边想着那些关于才华、坚持的故事，忽然就觉得车窗外的云卷云舒与我内心的平安喜乐悄无声息地融到了一起。那一刻，我无比坚定地确信在接下来的比赛中，我会完成对自己的挑战。事实上，最终的结果也证实了这一点。

# 真的会有人有某种天赋却被埋没一生吗

○○○○

以跑者为原型的电影有不少：《烈火战车》《长跑者的寂寞》《圣·拉尔夫》《永无止境》《强风吹拂》《领跑人》《马拉松精神》等。这些电影我几乎全部看过，独独钟情的是《模仿游戏》。严格地说，它还并不是一部讲述跑步故事的电影。

《模仿游戏》的主人公是图灵，一个被誉为“计算机科学之父”的大牛（大一计算机考试的时候，我还把他与冯·诺依曼的头衔混淆了，后者是“计算机之父”）。他是一个不折不扣的天才，24 岁时即在《论数字计算在决断难题中的应用》的论文里，提出了著名的“图灵机”设想，成为当今各种计算机设备的理论基石。电影讲的是图灵利用数学知识帮助盟军破译密码，打败法西斯的故事，由“卷福”本尼迪克特·康伯巴奇主演。上映的时候，我买了一张票去电影院里支持，可惜偌大的影厅空荡荡的没有几个人，不由得唏嘘一声：知道图灵的人到底不多，可惜了他的传奇。

《模仿游戏》里，有几个图灵奔跑一晃而过的镜头。看到这里，观众也许会以为图灵只是一个普通跑步爱好者，在用跑步来释放密码破译、性别认同的压力。但其实，图灵不仅智力非凡，而且是个跑步高手。他很年轻的时候就开始练习长跑，参加科研会议时经常跑步前往，据说速度比坐公交的同事还快。有据可查的资料证明，1947 年，在一次英国业余田径协会马拉松锦标赛上，他曾跑出了 2 小时 46 分零 3 秒的好成绩！这只比 1948 年的伦敦马拉松冠军慢了 11 分钟而已。他还曾一度有希望入选奥运代表队，可惜因为腿部伤病而错过选拔赛。

图灵跑步的姿势不太好看。在跑道上，图灵总是握紧双拳，高抬手臂，而他的脚也会不自然地外拐——电影里的“卷福”高度还原了图灵特别的跑姿——不仅如此，他在跑步时还总是会发出比一般人大很多的喘息声。他的跑友 J.F. 哈丁的一段描述也在多年后广为流传。“我们是未见其人，先闻其声。他跑步时，发出一种吓人的喘气声。”哈丁回忆，“但我们还没来得及跟他说上话，他就像一颗出膛的子弹那样从我们身边掠过。”

“他是天才人物最完美的范例，热情、深刻、认真、纯正、出类拔萃。”罗素对维特根斯坦的评价，用在图灵身上也很契合。图灵一生始终孜孜不倦地攀登自己智力的最高峰，对于世俗名利兴味寥寥，却又时刻怀疑自己工作的意义，始终处于一种紧张和痛苦之中。不无巧合的是，像维氏一样，图灵也是同性恋，电影里隐晦地暗示了这一点。

在当时的英国，男同性恋行为还属非法，直到 1968 年才实现非罪化。电影里的图灵，似乎并没有因为是个同性恋而遭多少罪。但银幕之外，真实的历史是，在被发现有同性恋行为之后，为了避免坐牢，图灵被迫接受了为期一年的化学阉割（注射雌激素）。这种所谓的治疗，极大地伤害了图灵的身心。难忍其辱的图灵在 1954 年 6 月 7 日被发现死于家中的床上，床头放着一只被咬过一口的苹果，疑为服毒自尽，此时距离他的 42 岁生日仅 16 天。

几十年以后，大众惊奇地发现有一家叫作苹果的电脑公司，其 LOGO 也是一个缺了口的苹果。一时传闻纷纷，大家都认为这是一个天才在向另一个天才的致敬。但可惜，苹果公司否认了这一说法。在接受英国广播公司电视节目《QI》采访时，乔布斯说："这（LOGO 向图灵致敬）不是真的，但是上帝啊，我们希望它是真的。"

图灵也许只是埋没了跑步的才华，至少他的智力天赋没有浪费。另外一些人就没有这么好的运气了。作家史铁生有一篇流传很广的长篇随笔：《我与地坛》。在那篇文章里，他提到了一个朋友，"是最有天赋的长跑家"。这个长跑家，在"文革"期间坐了几年牢，出来后好不容易找了个拉板车的工作，样样待遇都不能与别人平等，苦闷极了便练习长跑。在地坛里，坐在轮椅上的史铁生看他训练，为他计时，两人结下了深厚的友谊。

第一年“最有天赋的长跑家”在春节环城赛上跑了第 15 名，可是只有前 10 名的照片才能挂在长安街的新闻橱窗里。第二年他跑了第 4 名，可是新闻橱窗里只挂了前 3 名的照片。第三年他跑了第 7 名、橱窗里挂前 6 名的照片。第四年他跑了第 3 名，橱窗里却只挂了第 1 名的照片。第五年他跑了第 1 名，橱窗里只有一幅环城赛群众场面的照片。

那些年，史铁生和这个“长跑家”朋友，两人常一起在这园子里待到天黑，开怀痛骂，骂完沉默着回家，分手时互相叮嘱：先别去死，再试着活一活看。史铁生写下这个故事的时候，“长跑家”已经不跑了，因为年岁太大了，已经跑不了那么快。在他最后一次参加环城赛时，他以 38 岁之龄得了第 1 名，并破了纪录。有一位专业队的教练对他说：“我要是 10 年前发现你就好了。”他苦笑一下，什么也没说。傍晚来到地坛，他把这事平静地向史铁生说了一遍。

这真是命运的玩笑。早先我以为这个故事是小说家的演绎，但有一天偶然在网上读到一篇文章，才知道原来这是一件真事。史铁生笔下的这个“长跑家”，叫李燕琨。《新京报》曾经有一篇《一个业余选手的马拉松梦》，详细地讲述过他的故事。史铁生去世以后，他还写了一篇很长的文章回忆他与史铁生的交往——我读过它，真挚动人。

中国太大了，像李燕琨这样有天赋，却因为各种原因，而没能一展身手的人太多了。想起曾经在跑道上看到过很多次盲人跑者，他们大多由一个助跑者用丝带牵引，速度很快，飞快地消逝在人群里。对于我来说，无论有多么强大的想象力，其实都无法真正体会到一个盲人为了走上跑道，完成一次马拉松，究竟要淋多少风雨，摔多少跟头。

知乎上有一个提问：真的会有人有某种天赋却被埋没一生吗？答案是，真的，这种人不仅有，而且普遍存在。当自己的天赋没有相应的资源匹配时，有天赋异禀之人必被大量埋没，能突破环境和命运者，极少极少。那些终身都没有见过钢琴的人，又怎么可能知道自己有着莫扎特的才华？即使是跑步，这么简单的运动，也有许多人是很偶然才发现自己的天赋的。中国著名极限运动员陈盆滨，最初发现自己在极限运动上的天赋，是因为 22 岁的一天，他和朋友一起去看一场俯卧撑比赛，忍不住下场比试了一把，没想到一口气做了 400 多个，一举夺冠，进而走上了超马的极限运动之路。

史铁生还有一篇文章叫《我的梦想》，写于 1988 年汉城奥运会结束后不久。在这篇文章里，史铁生说他第一喜欢的是田径，第二是足球，第三才是文学。他能说出所有田径项目的世界纪录是多少，是由谁保持的，保持的时间长还是短。

在他眼里，“田径运动的魅力不在于纪录，人反正是干不过上帝；但人的力量、意志和优美却能从那奔跑与跳跃中得以充分展现，这才是它的魅力所在，它比任何舞蹈都好看，任何舞蹈跟它比起来都显得矫揉造作甚至故弄玄虚。也许是我见过的舞蹈太少了。而你看刘易斯或者摩西跑起来，你会觉得他们是从人的原始中跑来，跑向无休止的人的未来，全身如风似水般滚动的肌肤就是最自然的舞蹈和最自由的歌”。

史铁生最喜欢并且羡慕的人就是世界超级田径巨星刘易斯。汉城奥运会上，有一场刘易斯与约翰逊的比赛，刘易斯输给了约翰逊。史铁生发自内心地难过：“刘易斯当时那茫然若失的目光就像个可怜的孩子，让我一阵阵的心疼。”但在第二天，刘易斯在跳远比赛中跳出了 8.27 米，他继续写道：“命定的局限尽可永在，不屈的挑战却不可须臾或缺。”我总觉得，在这里，史铁生写的是刘易斯，也是他自己。

大约只有像史铁生这样行动不便的人，才会对体育运动异常敏感吧。想起车前子的诗《日常生活》：每扇门里摆满了“世界杯”/我也想踢一场足球了/或者把足球/抱在胸前/像抱着一捧水果/于是就想到结婚/这唯一不意外的奇迹/娶一个健康的女子/若干年后的若干年后/我就有一个儿子/这唯一不意外的奇迹/飞跑在足球场上/就像我自己正跑着似的/坐在栅栏外/我温情地观看/阳光金黄/草坪碧绿/射门：我儿子就像我/把一个个字/填进格子一样自然/足球滚过身边/我抚摸着枯萎的右腿/注视着足球滚远/滚得远远/

一直滚到我结婚之前 / 现在的桌边 / 叫我去想以后会遇到的好事 / 真忍不住要哭上几声 / 一个拐腿的人为了踢一场足球。

全诗平白如话，温暖节制，无非是一个男人看电视的时候产生了一些想象，想象着踢一场足球、娶一个健康的女子、生一个能够飞跑在足球场上的儿子之类。这些事情是日常生活里最普通的景象了，可是对一个行动不便的人则是奇迹。对了，这首诗的副标题叫《一个瘸腿的男人想踢一场足球》，读起来比《日常生活》要心碎得多。

史铁生“追星”刘易斯的故事有一个美好的结局。多年来，史铁生的朋友们都知道他对刘易斯的这份感情，为了促成他们二人的会面，大家一直在暗地里穿针引线。有一次借着参加比赛的机会，中国跨栏名将李彤曾当面将《我的梦想》翻译成英文读给刘易斯听。刘易斯听了大为感动，表示一定要和这位中国作家见面，当面向他表示自己的感激之情。2001 年，机会不期而至，刘易斯访问北京，两人得以相会。刘易斯将一双签着自己名字的金色跑鞋，亲手赠送给了坐在轮椅上的史铁生。

“故事里始终都有爱 / 无论有什么样的艰难曲折 / 故事里永远都有爱 / 永远是美丽温暖的光明结局。”许巍在《故事》里这样唱。不错，故事就是这样，有爱，有温暖，有光明，即使这些都没有，但也终究是故事，读者最多不过喟然一叹罢了。可是现实呢？温情中往往隐藏着残酷，即使是在同性恋行为已经非罪化半个世纪的今天，大众的偏见仍然根深蒂固，阿甘这样的白痴也许只能在电影里才能拥有爱，至于李燕琨这样因为各种原因而终身未能一展天赋的人，则如恒河沙数，数不胜数了。

“

‘也许到了某个节点，用过去趋势预测未来表现将不再合乎情理，并且我们必须直面一个问题：人的身体在那么长时间内能否跑那么快？’不过，他仍然持乐观态度，原因在于：马拉松是一种相对年轻的运动，仍有数十亿人未曾尝试，而且在我看来，我们不大可能测试出人类的耐力极限。

”

# #05

# 我们究竟能跑多快

○○○○

## 真的有一个士兵跑死吗？

○○○○

为什么人类会有马拉松这样虐的比赛？许多中学课本上都记有这样一个传奇故事：公元前490年，强大的波斯军队入侵希腊，双方在距离雅典40公里的小镇马拉松展开决战。最终希腊人以少胜多，取得了绝对性胜利。大胜之后，希腊人决定派遣一名叫作菲迪皮茨（Phidippides）的士兵，从马拉松镇跑回雅典，宣布这个激动人心的喜讯。菲迪皮茨以长跑而闻名，在接受命令后，他不辞辛苦，一路奔跑，冲进雅典城门时，他向雅典市民大声高呼："欢呼吧，我们胜利了。"话音刚刚落地，他却因力竭而倒地身亡，从此他的名字被铭记。希腊人决定用举办长跑比赛的方式来纪念他，于是就有了马拉松赛。

这个传说充满了戏剧、浪漫与悲壮，极具英雄主义色彩。当我第一次读到这个故事的时候，仿佛可以看见一个满身尘土的年轻士兵，在烈日之下，甩开双腿，疯狂地奔跑，雅典城越来越近，死神的脚步也越来越近……

可惜，传说终究是传说，不是真实的历史。这个传说的最早起源，大家都认为是来自希罗多德的经典著作《历史》。希罗多德诞生于马拉松战役发生的那一年，他的记载被后人认为有很高的真实性。但我翻遍希罗多德的《历史》，却并没有看到士兵菲迪皮茨因报捷而身亡这回事。希罗多德确实记载了一个叫作菲迪皮茨的士兵，他也确实是一个职业长跑手。但希罗多德在书中记载的故事，却并不是报捷，而是求援！求援的目的地也不是雅典，而是斯巴达。

在公元前 490 年，面对波斯人的入侵，雅典的统帅决定向斯巴达人求援。这个求援的任务交给了菲迪皮茨。他立即出发，昼夜奔跑，在离开雅典之后的第二天，他就跑到了目的地斯巴达，并且向斯巴达人说了一番感人至深的话："拉凯戴孟人啊，雅典人请求你们给他们帮助，而不要看着希腊的一个最古老的城邦沦陷到异邦人的奴役之下。因为现在甚至连埃列特里亚都已经受到了奴役，而由于失掉一座名城，希腊就变得更加软弱了。"

斯巴达人被打动了，他们决定帮助雅典人。但因为那时正是一个月的第 9 天，根据斯巴达人的惯例，在第 9 天月亮还没有圆的时候，他们是不能出征的，于是只能延期。但幸运的是，虽然没有斯巴达人的即时助阵，雅典人也在随后的战役中以少胜多，大胜波斯。据希罗多德的记载，雅典人以损失 192 人的代价，杀敌 6400 人，结束战争。

这个故事与我们今天所熟悉的传说，可谓差之毫厘，谬以千里。

那么，究竟是什么时候才有了“欢呼吧，我们胜利了”这一浪漫的传说呢？一番查找以后，我发现了它的源头。很可能是希罗多德之后又过了差不多600年——大约相当于中国东汉时期——才出现的。当时有一个希腊哲学家叫普鲁塔克，在他的《论道德》一书中记载了这个故事：“一个全副武装，还在酣战状态的人，冲进城邦首领的门，只有力气说出‘欢呼吧，我们胜了’，随即倒地而亡。”

然而，普鲁塔克笔下的这个报信人，名字却不叫菲迪皮茨。而且，他记载的这个故事也是“道听途说”，引用的是另一位哲学家赫拉克里特斯的说法。赫拉克里特斯生活的年代距马拉松战役已有近百年，他的记载可靠性自然也不会太高。在普鲁塔克的记载之后又过了几十年，希腊讽刺作家卢西恩的书中才明确提到了有一个叫作菲迪皮茨的士兵，因报捷而身亡。

经过这一番爬梳，我们可以推测，《历史》中的记载是最早源头，但后来人在读了他的记载之后，也许是觉得这个故事太具传奇性，于是进行了再创作，或者根本就是以讹传讹，最终慢慢地演变成了今天中学课本上的版本。对于后人来说，究竟有没有一个士兵跑步至死？跑步的目的是报捷，还是求援？路线是从雅典到斯巴达，还是从马拉松到雅典？这些都不重要了，我们只要知道，一个叫作菲迪皮茨的士兵，在漫长的历史演变中，成了跑马拉松的历史第一人。

今天，希腊的马拉松镇已是跑者圣地。为了纪念这段历史，在马拉松镇的南部，希腊人立了一块大理石，刻上了“马拉松的出发点”的文字。每年的 11 月，希腊都会举办一场盛大的马拉松比赛，路线就是传说中的报捷之路：从马拉松镇到雅典。也许是为了向希罗多德《历史》中的记载致敬，在每年的 9 月底，希腊还会举办一场超级马拉松赛，路线则是希罗多德记载的求援之路：从雅典到斯巴达。这条路全程长达 246 公里，最快的跑者，也要连续跑上 20 个小时才能抵达终点。

马拉松的起源找到了，那为什么今天的马拉松比赛里程是有零有整的 42.195 公里，而不是 42 公里、45 公里，或者其他的整数呢？是因为 40 公里不够长？还是因为 42.195 公里是人类奔跑能力的最大极限，再多跑一步，就要发生意外？毕竟，如果我们一板一眼地遵循传说，测量一下从马拉松镇到雅典的路程，只有 40 公里。

其实，在很长一段时间里，官方举办的马拉松赛一直是在 40 公里左右徘徊的。1896 年在希腊举办的首届奥运会上的马拉松比赛，其路线沿用的就是传说中的菲迪皮茨所跑的路线，距离约为 40 公里零 200 米。此后的第二届、第三届奥运会，都一直保持在 40 公里左右。直到 1908 年，在伦敦举办的第四届奥运会上，马拉松才变为 42.195 公里，从此成为定数，沿用了下来。这又是为什么呢？

这与英国王室有关。原来，在第四届奥运会上，马拉松比赛那天，恰逢英国皇室的小王子、小公主们在温莎堡开生日聚会，于是为了方便王室人员观看比赛，将马拉松赛的起点设在了温莎宫的阳台下，终点设在了奥林匹克运动场内。丈量从起点到终点的距离，不多不少正好是 42.195 公里。又过了 12 年，国际奥委会一锤定音，正式将 42.195 公里定为马拉松跑的标准距离。

# 这个星球上最伟大的跑者

如果说第一个从马拉松跑到雅典的士兵，是一个当之无愧的伟大跑者的话（但可惜只能在历史典籍之中追怀），那么在今天这个时代，在我们这个星球上还有一位刚刚宣布退役的跑者，堪称伟大。

他的名字叫格布雷希拉西耶，是公认的长跑界传奇巨星。在他 25 年的职业生涯里，下至 1500 米，上至马拉松，他总共创造了 27 项世界纪录。

1973 年，这位长跑巨星出生于埃塞俄比亚南部山区的一个贫穷农民家庭。上学后，因为学校距家有十多公里，并且是崎岖山路，为了不迟到，他夹着课本，光着脚跑到学校。放学后，为了不让父亲唠叨，早点回家帮家里干活，他又光着脚跑回家。如果你注意看他的跑步影像，就会发现他在跑动中，左臂微微弯曲，好像夹着一本书，这正是早年经历的影响。

16 岁时，格布雷希拉西耶与哥哥一起被国家著名田径教练科斯特选中，开始接受系统训练。18 岁，他入选了国家队。随后，他开始了自己的传奇之路。19 岁，他参加世界青年田径锦标赛，一举夺得男子 5000 米和 1 万米跑双项冠军。20 岁，他参加世界田径锦标赛，夺得了 1 万米跑冠军。在此后的连续三届世界田径锦标赛中，他蝉联了 1 万米跑的冠军。在第 26 届亚特兰大奥运会和第 27 届悉尼奥运会上，1 万米金牌也被他收入囊中。

从 1994 年至 2000 年，短短不过 6 年时间，格布雷希拉西耶 15 次创造万米室内外世界纪录。他还是第一位 5000 米跑进 13 分钟、1 万米跑进 27 分钟的选手。

但是格布雷希拉西耶的传奇并没有止步于此。在获得悉尼奥运会万米金牌之后，他开始征战马拉松比赛。从 2006 年至 2009 年，在柏林马拉松赛上，他连夺四届冠军，成为这个星球上第一个马拉松跑进 2 小时零 4 分大关的人。此外，从 2008 年到 2010 年，他还连续赢得三届迪拜马拉松的冠军。

这个瘦小的男人，成了世界上夺得金牌和打破世界纪录最多的田径运动员之一，成了埃塞俄比亚无人不知无人不晓的大人物，甚至被尊称为“皇帝”。巅峰时期的格布雷希拉西耶，在跑者中的地位，就像巅峰时期的篮球巨星乔丹、如入无人之境的罗纳尔多，还有现在统治百米短跑的博尔特一般。

英国中距离跑名将、伦敦奥运会组委会主席塞巴斯蒂安·科曾如此盛赞格布雷希拉西耶："我认为他是近50年来最伟大的运动员，甚至可能是有史以来最优秀的。"他的理由是："我们要等很长时间，才可能等到第二个像格布雷希拉西耶这样能够主宰如此多个距离且跨越如此长时期的选手。对一个运动员成功与否的试金石，是他能否在最高水平上保持长盛不衰，在这方面他做得非常好。"

2015年5月，在英国参加了一次10公里路跑比赛后，这位42岁的巨星，正式宣布退役。"在此之前，我从未想过退役这个字眼，我也从未说起过离开的想法。我觉得是时候停下来了，暂且做一些其他事情去，让我把机会留给年轻人吧"。

这位传奇跑者退役后不会寂寞，除了运动员的身份，他还是一位成功的商人，在老家开办了跑步俱乐部、学校和多家公司，员工总数上千人。令人惊讶的是，这位史上最伟大的跑者，身高只有1.64米，体重53公斤。

我们这一代跑者，有幸看到格布雷希拉西耶不停打破纪录，突破极限。这种因跑步而带来的运动魅力让我们相信格布雷希拉西耶是伟大的跑者。跑步之所以让无数人沉迷，还因为在这项运动中，有许多跑者展现了人性光辉，也许他们跑得不够快，也许他们曾经创下的纪录早已经被我们后人打破，但这些都不重要，重要的是他们懂得爱、懂得同情、懂得惺惺相惜，拥抱对手，比如扎托佩克。

扎托佩克是捷克军人。和格布雷希拉西耶一样，他的跑姿也有自己的特点，用一个记者的话来说，他跑起来像“刚刚被人在心口捅了一刀”“有两只蝎子在他的脚上”。他没有教练指导，但他狂热地热爱跑步，自己训练自己，在军队里一整天的训练之后，他还常常会在夜里抓起手电筒，去树林里跑上几十公里。为了培养爆发力，他跟妻子戴娜曾经在足球场上互掷标枪，然后跑过去接住。

1952 年，他参加了赫尔辛基奥运会。那时他已经 30 岁了，是一个谢了顶的中年人。在这届奥运会上，他连夺 5000 米、1 万米、马拉松三块金牌，并且都打破了奥运纪录。在马拉松比赛中，当他跑进体育场，全场 6 万名观众起立欢呼他的名字。迄今为止，扎托佩克仍然是唯一一位在同一届奥运会中，包揽这 3 个项目金牌的男选手，也让他赢得了“人类火车头”的美名。

但是，厄运来临了。1968 年，苏联军队开进布拉格。扎托佩克面临着两个选择：要么顺从苏联人，担任所谓的“体育大使”，要么后半辈子在铀矿里清扫厕所。他选择了后者。——每当读到扎托佩克的这个选择时，都会想起米兰·昆德拉在《生命中不能承受之轻》里塑造的那个外科医生，因为拒绝为苏联服务，成了一个打扫屋子的清洁工。

扎托佩克为人非常热情，每一次比赛，都是他广交朋友的良机。在比赛中，他还喜欢一边跑步一边聊天。但是，屡获金牌，享受奔跑，热情动人，这些都算不上他打动人的地方。和扎托佩克同时代的，还有一个澳大利亚的跑者——罗恩·克拉克，也是屡破世界纪录，两人一度并称当时最伟大的长跑者。可惜这位澳大利亚跑者虽然打破过 19 项世界纪录，却从没有赢过一块奥运金牌。1968 年，在墨西哥奥运会的 1 万米决赛上，他因为高原反应昏倒，失去了最后的机会。赛后，他决定绕路去布拉格，拜访一下那个“从未失败过的家伙”扎托佩克。

克拉克如愿见到了扎托佩克。在道别之际，他看见扎托佩克偷偷地把一包东西塞进了他的行李箱，并且给了他一个温暖的拥抱，说：“那是你应得的。”当时，东西方正在冷战，布拉格正被苏军占领，扎托佩克的处境很不好。于是克拉克以为那包东西是扎托佩克想要传递给外界的求助消息。

在飞机上，克拉克打开了包裹，发现自己大错特错，扎托佩克塞进行李箱的是他在 1952 年奥运会上赢得的万米跑金牌。扎托佩克把他送给了打破他当年纪录的人，尽管自己已经几乎一无所有。“他的激情，他的友善，他对生命的热爱，从一举一动中散发出来。”克拉克后来回忆说，“比扎托佩克更伟大的人，世上从未有过，将来也绝不会有。”2000 年，扎托佩克去世，捷克为他举行了国葬。

这一段往事，很有倾盖如故、英雄惜英雄的味道。也许是扎托佩克生来就如此伟大，也许是极权之下，跑步让他变得伟大。不管怎么说，历史留下了这段记载，留下了这个伟大跑者的名字。

在几乎所有的马拉松比赛中，我们都能看到肯尼亚人的身影，而且也几乎是在所有的比赛中，最后站到领奖台上的都是他们。为什么肯尼亚人能做到这些？英国人芬恩在肯尼亚的一个小镇子埃藤待了半年时间，试图找寻这个秘密。

埃藤是一个神奇的地方。那只是一个小镇，大约有 4000 名居民，却有超过 1000 名顶尖长跑运动员在那儿生活和训练，诞生了几百个世界冠军和奥运冠军。

这半年里，他拜访了肯尼亚的很多长跑名将，参加埃藤跑步训练营的活动，观摩比赛，甚至亲自参加当地举办的长跑比赛。

那么，芬恩发现了什么秘密吗？这似乎找不到一个准确的答案。因为他发现专注、贫穷、基因、海拔、食物、赤脚跑、休息和对成功的极度渴望，这些因素都是肯尼亚人的秘密。

看肯尼亚人的故事，给我们的启示是：在发达国家，跑步主要还是一项爱好，爱好者们带着热情练习跑步；但在肯尼亚，跑者将整个生活都奉献给了跑步，他们跑步是为了改变生活，为了养家糊口。跑步已经成了肯尼亚人的一种人生出路，就像巴西的足球，或者印度的板球那样。

不过，也许是肯尼亚的人太突出了，在任何一个国家，马拉松能够跑进 220 名以内的，都是高手，但是在肯尼亚，这是一个平庸到不好意思说出口的成绩。比较令人难过的是，肯尼亚的人才更新换代太厉害。常常有新秀冒出，那些赢得了比赛的人，很快就销声匿迹。当他们赢得一场比赛，往往会搬出训练营，买车、盖房子、买地、买牛，最终陷入生活的杂事。整个村子都会庆祝他的胜利，所有人都向他们索要扶持，成功的运动员仿佛成了村里的首领，所有人都会带着个人问题去找他们。甚至有运动员在参加世锦赛的时候，每两个小时就会接到一个肯尼亚同胞打来的电话，询问在他们正建造的一幢大楼里，应该把窗户安哪里。这就是他们的生活。

何谓伟大？或许是旁人无法企及的成绩，像格布雷希拉西耶那样，是世界上夺得金牌和打破世界纪录最多的田径运动员；或许在大时代中凸显出高尚的人格，像扎托佩克，用自己视若珍宝的金牌抚慰从未获得过奥运会认可的罗恩·克拉克；而同样多次打破世界纪录的克拉克，敢于接受扎托佩克的馈赠，同样昭示出光明磊落的品性，同样可以被称为伟大。甚至那些将全部生活投入到跑步的肯尼亚人，即便未能获得震惊世人的成绩，也不妨碍他们的伟大。他们不是为了信仰，不是为了战胜自己，也不是为了探索人类极限，他们想要的不过是让自己、让周围的亲人朋友的生活好那么一点。

# 比博尔特还快的人

虽然奥运会、马拉松跑都不是起源于中国，但翻检史籍，我们的老祖宗里，也有不少跑步能手！《山海经》里的夸父不眠不休地追赶太阳，最后饥渴而死。这个故事与古希腊那个奔跑力竭身亡的士兵，读来都有一种动人的英雄主义魅力。

幼时读《水浒传》，觉得最神奇的好汉就是"神行太保"戴宗。施耐庵说他能日行八百里，每次要出门打探消息，都会使上一种神行法：取四个甲马去腿上缚了，念念有词，吹口气在腿上。然后便可以"拽开脚步，浑如驾云的一般，飞也似的去了"。

后来，前几年，有一次读论文，我才偶然知道，这"念念有词"四个字，是大有讲究的！很有可能是一种符咒，说不定还是从汉朝传下来的。在长沙马王堆出土的汉代帛书中记载，如果要跑得快，脚不痛，可以念咒祈祷，具体做法是，"南乡禹步三，曰：何水不截，何道不枯，气我”，最后“取突墨纳履中”。

可惜此咒出土时，已经残缺不全，否则说不定我们念念有词一番，也能向戴宗一样日行八百里。

如果夸父、戴宗还是传说中的人物，渺渺不可追。那么史书记载中，有着确切闻名的跑步能手也并不少见。考古发现的周代《令鼎》铭文上记载了一个故事：有一次周王从农场返程时，忽然兴致大发，“令众奋先马走”，命令侍从在马前奔跑，并承诺说，如果侍从能够在自己的马车抵达之前跑到终点，“余其舍汝臣十家”，即赏赐每人十家奴隶。最后，侍从果然跑得比马快，得偿所愿。

在关键时刻，跑步甚至能救命。《后汉书》里记载，在王莽篡汉之际，有一个叫任文公的人。

王莽篡后，文公推数，知当大乱，乃课家人负物百斤，环舍趋走，日数十，时人莫知其故。后兵寇并起，其逃亡者少能自脱，唯文公大小负粮捷步，悉得完免。遂奔子公山，十余年不被兵革。

用现代汉语翻译就是：任文公在推算一番以后，觉得王莽不会长久，天下将大乱，于是带领一家老小背着几十斤的东西，每天绕着房子跑上几十圈。当时的人都觉得莫名其妙，不知道任文公在搞什么鬼。后来没多久，天下果然大乱，那些跑路的人都失败了，只有任文公全家背着粮食，跑得飞快，成功逃难。

在元人杨瑀的《山居新话》中，还记载了一种名为“放走”的长跑比赛，颇类似于今天在世界各地流行的超级马拉松赛，“以一绳拦定，俟齐去绳走之”“越三时，行一百八十里”。

这个由朝廷主办的长跑比赛每年一次，距离 180 里，规定时间是 3 个时辰。古代一里大致相当于今天的 500 米，一个时辰相当于 2 个小时。如果杨瑀的记载准确，那么这些选手在 6 个小时内要跑 90 公里，相当于两个马拉松，速度相当可观！这个比赛的第一名“赏银一定”，第二名“赏段子四表里”，第三名“赏二表里”，剩下的那些完赛者，也有“各一表里”的奖励。这和今天跑完马拉松的选手人人都有一块完赛纪念牌，做法几乎是一模一样。

在《魏书》中，我还读到过一个颇令人心折的故事。一个叫杨大眼的人，这个人虽然叫大眼，眼睛其实并不大。他从小就很有胆量，“跳走如飞”，但可惜因为是妾生，不被重视，常常挨饿受冻。后来，北魏孝文帝准备南征，令尚书李冲负责选拔将官。杨大眼前去应征，李冲看不上他。于是，杨大眼说了一番话：“尚书不见知听下官出一技。”便出长绳三丈许，系髻而走，绳直如矢，马驰不及，见者莫不惊欢。冲曰：“自千载以来，未有逸才若此者也。”遂用为军主。

用今天的白话来说，就是杨大眼拿起一根三丈长的绳子，系在发髻上，向前奔跑，绳子飘起来，向箭一样直，骑马都追不上，旁观者无不惊叹喝彩。李冲见此情景，大喜说："千百年以来，还没有听到过有跑得如此之快的人。"于是，录用他为"军主"，后终成一代名将。

杨大眼如果生在今天，说不定能和博尔特一较高低！

# 我们什么时候能跑进两小时

○○○○

自从 42.195 公里成为马拉松赛的标准里程后，100 多年来，跑者们屡屡打破纪录，冲破极限。但鲜为人知的是，很长时间，马拉松没有“世界纪录”，只有“世界最好成绩”。

为什么会这样？因为一般马拉松赛都是在室外举行，没有标准场地，风速、风向、天气等环境条件变化太大，影响成绩的客观因素太多，在不同地点取得的成绩自然也就没有了可比性。一直到 2004 年，为了激励公路比赛的发展，国际田联改变这一规则，马拉松才有了世界纪录。第一个被国际田联认可的马拉松世界纪录，由肯尼亚选手特盖特创造，在 2003 年的柏林马拉松赛道上，他跑出了 2 小时 4 分 55 秒的成绩。

这个世界纪录也并非一蹴而就。近 100 年前，世界公认的马拉松的最好成绩在 2 小时 50 分左右。

随后的大半个世纪里，随着长跑训练方法、跑步浪潮、赛事组织的发展，马拉松的世界最好成绩被慢慢提升到 2 小时 7 分左右。

在世界最快的马拉松比赛——柏林马拉松的赛道上，跑者们对世界纪录开始了你追我赶的过程。在特盖特创造了 2 小时 4 分 55 秒的成绩后，埃塞俄比亚人格布雷希拉西耶——被誉为这个星球上最伟大的跑者——统治了这个项目，他屡创佳绩。2006 年至 2009 年，他在柏林豪取四连冠。2008 年，他成为全球第一个跑进 2 小时 4 分的跑者，将世界纪录刷新到了 2 小时 3 分 59 秒。

随后，这个纪录被冻结了近三年。从 2011 年开始，这个被冻结的纪录多次被打破，来自肯尼亚的帕特里克·马考跑出了 2 小时 3 分 38 秒的成绩。2013 年，另一个来自肯尼亚的选手威尔逊·基普桑，再次改写成绩，2 小时 3 分 23 秒。2014 年，同样是来自肯尼亚的选手，丹尼斯·基梅托将世界纪录一举缩短了 26 秒，以 2 小时 2 分 57 秒的成绩，成为这个世界上第一个马拉松跑进 2 小时 3 分的人。

为什么柏马会成为世界纪录的福地？因为柏林地势平坦，赛道起伏小，且少有弯道和急转弯。另外，柏林 9 月底的气候温度适宜，不冷不热，微风少雨，很适合跑步。天时地利之下，柏林自然就成为马拉松选手打破纪录的理想之选。眼看着马拉松世界纪录离 2 小时越来越近，一个似乎从未想过的问题浮出水面：人类到底能不能跑进 2 小时？或者说，到底什么时候我们能实现这一愿望呢？

2014 年，在丹尼斯·基梅托成为第一个跑进 2 小时 3 分的马拉松选手之后，《纽约时报》发表了一篇文章，经济学家贾斯汀·沃尔弗斯经过一番计算，发现自 2002 年以来，平均每两年，马拉松世界纪录就会提高大约 27 秒。依此趋势类推，马拉松跑进 2 小时，只需要 13 年左右的时间。也就是说，到 2028 年，我们就可以梦想成真。

但问题是，这样的直线延伸式推算是否合理？相信每一个马拉松跑者都有这样的经验，将全马成绩从 5 小时提高到 4 小时，只需要认真备战、科学训练即可，但从 4 小时进步到 3 小时，则不仅要看训练是否刻苦，还需要看自身的体质是否足够优秀，是否能够支撑高强度的运动了。对于那些几乎已经将自身潜力挖掘殆尽的顶尖跑者来说，每提高 1 分钟，可能比我们提高 1 小时还要难。距离人类跑进 2 小时还有 2 分 57 秒的距离，这不是一个小数字。

在媒体人，同时也是马拉松跑者的洪立先生的《马拉松大辩论：人能否跑进 2 小时？》中，他引用了沃尔弗斯的分析。沃尔弗斯承认："也许到了某个节点，用过去趋势预测未来表现将不再合乎情理，并且我们必须直面一个问题：人的身体在那么长时间内能否跑那么快？"不过，他仍然持乐观态度，原因在于：马拉松是一种相对年轻的运动，仍有数十亿人未曾尝试，而且在我看来，我们不大可能测试出人类的耐力极限。因此，虽然我不知道我们具体何时能看到马拉松进 2，但基梅托的表现让我对在今生看到这一天越来越有信心。

但显然不是所有人都像沃尔弗斯那样乐观。在那些悲观主义者的看法里，马拉松要跑进 2 小时，还是非常遥远的事情。早在 2013 年，在威尔逊·基普桑跑出那一年的世界纪录时，罗斯·塔克博士也曾在博客网站《体育科学》对“马拉松能否跑进 2 小时”这个问题做过一番推算。

他是这样推算的：目前地球上顶尖跑者的半马成绩在 59 分钟左右，人们却指望他们以相同的配速跑一个全马。这有点类似希望 200 米最佳成绩 19.19 秒的博尔特，在跑 400 米时只慢一点点，创造出 41 秒的世界纪录。或者相当于希望 400 米跑出 45 秒的戴维·鲁迪沙，能将每圈 46 秒的配速维持两圈，800 米跑出 1 分 32 秒的成绩，而不是他目前的纪录 1 分 41 秒。这是不可能的。因为随着距离的延长，我们跑某一特定距离的配速会以可预见、受生理“制约”的方式下降。因此，一个半马能跑 59 分的人，无法接连连续跑两个 60 分钟的半马。这根本不可能。在我们开始期盼马拉松突破 2 小时之前，我们有必要先看看人类跑半马的能力。直至人类半马能跑进 58 分钟（我指的是 57 分出头），否则想在全马中跑出两个 59 分 59 秒的成绩是不可能的。

罗斯·塔克博士的结论是：“归根结底，在看到全马纪录从 2 小时 3 分 38 秒提高到 2 小时 3 分 23 秒之后，就断言跑进 2 小时在望，这是完全不可能的。下一个拦路虎是 2 小时 3 分，我相信这可以在

5 年内突破。接下来我们可以开始向 2 小时 2 分努力，这也许需要再花上 10 年时间。”

罗斯·塔克博士的话音尚未落地，2014 年，肯尼亚人丹尼斯·基梅托就在柏林马拉松跑出了 2 小时 2 分 57 秒的成绩。不过 2015 年的柏马，赢得冠军的基普乔盖——也是肯尼亚人——成绩却只有 2 小时 4 分。基普乔盖是冲着破世界纪录去的，事实上他也很有可能破纪录，他在 10 公里的用时是 29 分 19 秒，这个速度就是奔着打破赛会纪录去的，但可惜在起跑之初他的鞋垫就滑落了，这严重影响了他的发挥。

在《体育基因》一书中，作者戴维·爱泼斯坦也认为从配速和生理学的角度看，马拉松纪录突破两小时在近期似乎很不可能。洪立先生总结他的观点认为：爱泼斯坦的结论是马拉松进 2 在一代人内无法实现，我们可能这辈子都无望看到；归根结底，做到这一点的生理挑战必须以人类基因发生进化为前提。它比 1 英里（1 英里≈ 1.6 千米）进 4 分钟难度更大，因为 1 英里赛跑只涉及世界人口的一小部分——主要在英美国家，而且当时正值战后，跑步也不流行；而马拉松却是一项全球性竞技体育，目前人气空前火爆，已成为当今规模最大的参与性运动。如果说专家的观点是基于计算、医学等，那让我们看看那些来自马拉松赛道的跑步高手是怎么看这个问题的。（转引自洪立《马拉松大辩论：人能否跑进 2 小时？》）

被誉为“史上最伟大长跑选手”的埃塞俄比亚人格布雷希拉西

耶则认为，马拉松跑进2小时只是时间问题。2014年2月，他在接受采访时指出："看看世界纪录的进展吧。这一天会到来的。现在半马要跑60分钟或59分钟整很容易。这是可能的，总有一天会发生。毫无疑问，这不仅涉及运动员的表现，也取决于技术。"诸如训练、营养、跑鞋和赛道设计。"根据我的计算，用不了多久了——再过18年或20年，就会有一个运动员跑进2小时。"（转引自洪立《马拉松大辩论：人能否跑进2小时？》）

跑得快是人类的追求，其实跑得久也是。在追求最快的同时，在时间的另一个维度上，还有完成年龄最大的。在吉尼斯世界纪录中，完成男子马拉松赛年纪最大的，是希腊人Dimitrion Yordanidis。他在1976年，在雅典沿着最早的马拉松线路，从希腊的马拉松城跑到了雅典，以7小时33分的成绩完成比赛，时年98岁。

无论最终人类何时能够将马拉松的世界纪录提高到2小时，我们都不应该放弃热爱奔跑、渴求速度的心，当我们将快乐作为跑步的最初动力的时候，马拉松世界纪录不过是数字。而其见证人类突破自身极限的里程碑意义，终归是由职业跑者来完成的。

# #06

# 百问百答

○○○○

**1. 选跑鞋，拉风就好吗？**

合脚才是最好的。重量轻、透气强、弹性好，是一双好跑鞋的必备条件。买跑鞋，首先要考虑的是自己的脚形是内翻、外翻，还是平足；其次根据跑步频率决定买哪种款式，跑马拉松的有专业"马"鞋，慢跑则有慢跑鞋；最后货比三家，哪一家最划算买哪家。至于买什么品牌，是否够酷、够炫，并非最重要的因素。

**2. 我只想用一双跑鞋永远跑下去，可以吗？**

人也许可以地老天荒，但鞋一定不行。再好的跑鞋，寿命也有限。当你跑过 600 公里里程后，就该"另觅新欢"了。假设你每周跑两次，一次 5 公里，那么一年大约就跑了 600 公里，也就是说一年之后就可以考虑更换跑鞋了。当然，如果你是土豪，半年换一次我也不反对。

**3. 哪些跑鞋，是跑者最信赖的选择？**

一千个跑者，也许就有一千种选择。我个人偏爱亚瑟士（ASICS）。著名作家，也是资深跑者的村上春树则最欣赏“水野牌”（大陆叫美津浓）。另据新浪“微博跑步”发布的2015年度跑者调研报告（这项报告收集了4万多名跑者的数据）显示，跑者购买最多的跑鞋品牌依次是耐克、阿迪达斯、纽巴伦，国内的李宁和安踏也不错，马拉松爱好者最偏爱的是亚瑟士。

**4. 现在有一种五趾跑鞋很酷，但是听说容易伤脚，真的吗？**

如果你注意循序渐进，就不会。五趾跑鞋随赤脚跑风潮兴起，目前还较为小众。事实上，有许多跑者认为，五趾跑鞋会帮助跑者改善不良跑姿，更加贴近大地，跑得更自由。

**5. 穿什么材质的衣服，会跑得比较舒服？**

款式简洁，非纯棉质地的速干短裤、T恤最佳。纯棉质地的短裤、T恤日常穿着很舒服，但在长跑中，因其吸汗功能较强，会让你感觉湿嗒嗒，磨得皮肤火辣辣地疼。因选衣不当，在跑步时磨到双乳流血的惨象并不少见。

6. 应该穿压缩裤，还是宽松的裤子跑步？

压缩裤和宽松的裤子各有所长，压缩裤保暖、塑形效果较好。在越野跑时，我首选压缩裤，可以防止被树枝划伤，一般的路跑则偏爱宽松的短裤。对于注重形象的跑者来说，如果腿形不够修长，那么还是不要穿了吧。

7. 为什么跑步短裤一般都有内衬？

假如没有内衬，那么跑者，尤其是男性跑者，在连续奔跑了几十公里以后，大腿根部和“蛋蛋”会像抹了辣椒油一样，火辣辣的，让你感觉生不如死。

8. 智能穿戴很流行，我要不要也买个运动手表、心率计？

如果你跑步的目的仅仅是锻炼健身，那么运动手表、心率计这些“高大上”的智能设备的作用不大，在手机里装一个运动 APP 就足够了。如果致力于长跑赛事，则有必要购买。目前市场上的运动手表、心率计价格从数百元到数千元不等。此外，还有运动水壶、腰包、护膝、太阳镜、发带，都可供选择。

9. 跑步会受伤吗？

可以肯定地说，几乎所有的跑者都受过伤。但如果因为害怕受伤而放弃跑步的话，就好像因为担心噎死，而不吃米饭。重要的是，科学训练，注意休息，学会避免受伤，真的受伤了，就要放松心态，积极治疗，争取早日重上跑道。

### 10. 一天之中，什么时段最合适跑步？

中国人喜欢晨练，认为闻鸡起舞者能成大事。但真相是，一天之中最佳的运动时段是黄昏时分，此时大气内的氧气浓度最高，肌肉速度、力量和耐力都处于比较好的状态，这正是迈开双腿，跑向原野的大好时机。

### 11. 我应该用什么样的配速跑？

在长距离训练中，一个最简单的测算方法，当你一边跑步，一边可以和同伴聊天，或者轻轻哼小曲，这个配速就是比较合适的。如果是做专项速度训练，那就另说了，一般是能跑多快就跑多快。

### 12. 一周应该跑多少次，每次跑多少公里合适？

因人而异。跑一天休一天比较适宜。以减肥为目的的跑步，每次五六公里足矣。如果要参加马拉松之类的路跑比赛，则需要考虑比赛日程，注意积累跑量。我认识一些跑步狂人，他们早晚各跑 20 公里，每个月的跑量高达 600 公里，并且几乎不受伤。这是异类，非我等可以望其项背。

### 13. 每一次跑步，跑多长时间比较好？

要减肥的话，最少需要慢跑 30 分钟以上，跑到身体发热，微微出汗，这样才有效果。其他的，要根据各人目标不同，灵活掌握了。

### 14. 我该如何增加跑步的里程？

积跬步以至千里。每周增加的跑量最好不要超过上周跑量的10%。即使心有余力，也千万不要操之过急地大幅增加跑量，否则不期而至的伤痛会让你永生难忘，悔不当初。

### 15. 什么样的场地最适合跑步？

路面越硬，对膝盖的冲击越大。首选泥土地、橡胶跑道，次为柏油马路、水泥地面。

### 16. 常常听一些跑者念叨“PB、LSD”之类的术语，是什么意思？

跑者津津乐道的术语有以下这些：PB（Personal Best），个人最好成绩；LSD（Long Slow Distance），长距离慢跑；此外还有，Pace，配速，每跑一公里的用时；BQ（Boston Qualifier），指参加波士顿马拉松的资格；DNF（Did Not Finish），未能完赛；DSQ（Disqualified），取消比赛权利；等等。

### 17. 什么样的跑姿比较好？

背部挺直，肩部放松，跑动时眼睛注视前方10米左右的地面，尽量前脚掌着地——这也许不是唯一正确的跑姿，却是被无数次论证为最经济有效，受伤概率最低的跑姿。

### 18. 天气有些阴霾，我还能出门跑步吗？

常年在糟糕的雾霾天里跑步，勇气可嘉，但智商堪忧。当AQI（空气质量指数）超过150，PM2.5指数超过120，我是坚决不会出门跑步的。下载一个天气APP，出门跑步前看一看各项指数，是非常必要的。

### 19. 刚跑了一半，小腿突然抽筋怎么办？

停下脚步，伸展四肢，用手掌按摩抽筋部位，或者用手抓住抽筋腿一侧的脚趾，慢慢伸直脚。疼痛缓解以后，缓速慢行一段距离，再试着重新起跑。跑步结束以后，可以用热毛巾热敷抽筋部位。

### 20. 我有好几回跑步时都放屁，这正常吗？

正常。这说明跑步正在改善你的肠胃消化系统，加速新陈代谢，这可是便秘患者的福音啊。下次跑步再遇到噗噗噗，你大可幻想一番自己正在进行喷气式加速。

### 21. 我是一个刚刚开始跑步的初级跑者，要不要找教练指导？

只要你的钱包够鼓，找世界冠军做指导都可以。如果你是一个囊中羞涩的初级跑者，最可靠的指导，是找一个资深跑友，咨询一些跑鞋、跑姿方面的经验，重点咨询怎样才能防止受伤。相信我，一个资深跑友在聊到因跑步而受的伤时，眼泪一定一箩筐。

22. **日常跑步中，如何判断我有没有“脱水”？**

在长距离奔跑中，一定要及时补水，如果等感觉口渴了再喝水，其实已经迟了。长跑时，我一般秉持少量多次原则，5 公里左右喝一次水。跑完步，尿液呈深黄色，则表示补水较少，下次跑步就应该多喝一点了。

23. **我准备开始跑步了，我应该买个跑步机吗？有什么推荐？**

实践证明，买一台跑步机，和买一颗钻戒一样，虽然有必要，但最后十有八九都会闲置。家用跑步机一般两三千元，商用跑步机上万元，根据各人财力选择。如果你的房子足够大，钞票也不缺，那我还是推荐买一台。

24. **在跑步机和公路之间二选一，哪个比较好？**

在跑步机上跑步比较单调，健身房里的空气也往往不太好，路跑锻炼腿部肌肉更全面，尤其是路况复杂的越野跑。如果万不得已要上跑步机上，可以尝试每跑一段里程，变换坡度设置。

25. **跑步和散步相比，哪种健身效果会更好？和游泳相比呢？**

跑步。如果你是个胖子，或者有心血管等疾病，建议量力而行，从散步、快走开始吧。当然，跑步受伤的风险也比散步要大。游泳比跑步消耗的能量更多，也更塑形。

### 26. 停止跑步后会长胖吗？

会。今年我因膝伤暂停跑步 5 个月，体重回到了 5 年前。不过，只要管住口，不胡吃海喝，长胖的过程很缓慢，一般也就是增肥到你跑步之前的水平——另外，不要把中年发福与停止跑步会长胖联系到一起。

### 27. 跑步时，遇到红灯怎么办？

停下来，原地跳动、拉伸，保持运动状态，这样在重新起跑的时候身体才不会因为急停急行而受到伤害。这个世界上，也许除了交警，谁也拦不住那些想闯红灯的人。跑在兴头上，遇到红灯，确实很郁闷，但这不是我们闯红灯的理由。

### 28. 夜跑，需要注意些什么？

安全，安全，安全！重要的事情说三遍。如何保证夜跑安全？第一，结伴跑步，尤其是女性；第二，不要跑偏僻昏暗的路线；第三，带上手机，设置报警快捷键；第四，穿容易辨识的亮色或带有反光条的衣服；第五，最好不要一边听音乐一边夜跑；第六，遇到抢劫等突发事件，不要对抗，及时报警，留得青山在不怕没柴烧。

### 29. 跑了一段时间，突然就不想跑了，怎么办？

上中学时，你一定有过这些念头，“真不想上课了”“真不想高考”“怎么还不下课”，你是怎么熬过去的？暂时的疲倦是很正常的，歇一歇，换个运动项目，也许跑步的欲望会重上心头。即使你最终决定彻底停下脚步，其实也没有什么，开心就好。

### 30. 在日常跑步中，有哪些技巧可以帮助我坚持下去？

我觉得最有效的技巧是：制订一个循序渐进的目标，比如每周跑几次，每次跑多少。当你完成目标以后，千万不要吝啬犒赏自己，一本书、一双鞋、一次美味大餐都可以。自我奖励是人类进步的源泉。

### 31. 今天起了个大早，出门跑步，我该带些什么？

手机、零钱，还有一颗跑步的心。尤其是零钱！当你大汗淋漓地跑了一个小时，口干舌燥，焦渴难耐之际，两块钱一瓶的矿泉水将是人间最美的琼浆。

### 32. 一个人跑步感觉挺孤单的，我应该找一个跑友吗？

绝对应该。跑友之间的相互鼓励，相互支持，会让你跑得更远。上跑步论坛，比如跑吧、跑步圣经，或者下载一个跑步 App，参加一些本地跑团组织的跑步活动，都会帮助你结识跑友。

### 33. 跑步前，我可以吃点零食垫垫肚子吗？

可以适量吃一点，空腹跑步容易低血糖。一般认为，跑步前后三十分钟内不进食为佳。推荐跑前含一块糖，喝半杯水，或者吃几粒葡萄干。切忌跑后因为饥肠辘辘，而放纵自己，狼吞虎咽地大吃特吃。

### 34. 如何自己组织一次长跑活动？

如果是简单的约跑，则只需要在运动APP、论坛上发布活动，确定时间、地点、人数、路线、补给等信息即可。如果是有一定专业性的竞赛活动，则还需要考虑去当地相关体育或公安部门备案、聘请裁判、购买保险等，涉及面非常广。近两年来，市场上已经涌现出不少提供专业跑步赛事策划服务的公司。

### 35. 有哪些讲述跑步故事的书，有趣、有料，还有效？

能像金庸小说那样读起来酣畅淋漓的“跑书”，似乎还没有出现。在我读过的“跑书”中——大于20本——我觉得讲哲思，《当我谈跑步时，我谈些什么》《跑步圣经》是佼佼者；讲跑者故事，《天生就会跑》《3分58秒》也挺不错；讲技术，《马拉松终极训练指南》比较实用。也许还可以加上我这一本。

### 36. 有哪些与跑步有关的电影值得推荐？

《永无止境》《烈火战车》《长跑者的寂寞》《四分钟》《阿甘正传》，很多很多。谷歌一下，你就知道。

### 37. 有哪些音乐适合在跑步的时候听？

跑步时要不要听音乐，或者说跑步时听音乐究竟有害还是有益？这个问题一直争论不休。我的立场很简单：无论听还是不听，听什么不听什么，一切自己喜欢就好。村上春树在跑步的时候喜欢听摇滚。我跑步时喜欢听李志、赵雷、Beyond。

### 38. 哪些跑步方面的APP、微信公众号、微博大V、论坛、杂志比较有趣？

APP：乐动力、悦跑圈、咕咚、NIKE+、小米运动、虎扑跑步等。

微信公众号：私家奔跑、跑者世界、跑步学院、42旅、陪你跑等。

微博大V：跑步指南、跑步心情、微博跑步、老王谈跑步等。

论坛：跑吧、跑步圣经、益跑网、爱燃烧等。

杂志：《跑者世界》《领跑者》。

### 39. 参加“光猪跑”是怎样的一种体验？

中国的“光猪跑”有些名不副实，大家都是穿个内裤就跑，我参加过一次这样的光猪跑，一个字：冷。真正的“光猪跑”是全身上下，一丝不挂的，大多只有在国外才可一见。

### 40. 赤脚跑是种什么体验？

赤裸的双脚才是世界上最好的跑鞋。近年来，赤脚跑在中国慢慢流行起来，许多跑者认为赤脚跑可以纠正跑姿，防止伤痛。建议大家循序渐进，先从塑胶跑道开始尝试。

## 41. 听说跑步会上瘾，真的吗？

会。但跑步的上瘾性肯定没有海洛因强。1979年，Morgan（摩根）首次提出了“运动成瘾性”概念。当你日益觉得跑步成为压倒一切的目标，一旦停止跑步就坐卧不宁，恢复跑步就心情舒坦，即使生病了，也不顾医生劝告出门跑步；为了提高跑步成绩，甚至节食、吃药，那你就算是个跑步“瘾君子”了。其实，跑步不仅可能上瘾，还有“跑步高潮”呢。

## 42. 真的有“跑步高潮”这回事吗？

真的有！不过，我更喜欢称之为“高峰体验”。跑步会促进大脑分泌内啡肽——一种效果类似吗啡的物质。一旦它来临，你会感到心情特别舒畅，浑身充满力量，好像可以永不疲倦地一直跑下去。这是对跑者的最好犒赏！要想体验这种因跑步而产生的高潮，一般需要跑上一两个小时，才有可能出现。

## 43. 如何给自己“咔”一张潇洒的跑步自拍照？

在一个光线柔和的清晨或者黄昏，在原野、林荫道、操场上，选择一个低角度，光圈优先，顺光仰拍，会有不一样的发现哟。

**44. 我是女生，我的小腿会因为跑步变成“萝卜腿”吗?**

跑步会让你变成“萝卜腿”，这是一个广为流传的“谣言”。正确的跑姿，则只会让腿部肌肉更结实，线条更匀称、更有型。准确地说，只有错误的跑姿才会让你变成“萝卜腿”。对爱美的女性跑者来说，注意跑姿，慢速长跑，跑前跑后积极拉伸，可以有效修长双腿，塑形效果上佳。

**45. 跑步会让胸部下垂吗?**

不会。跑步可以有效锻炼胸大肌，帮助塑形。买一款舒适的、支撑性能好的运动Bra（内衣），跑起来会更安全。尤其是大胸妹子，一款合适的运动Bra（内衣）能够有效缓解运动过程中的震动（大部分中国女性都是A、B罩杯，谈下垂似乎有些杞人忧天）。另外，头昏眼花、牙齿松动、皮肤松弛、胸部下垂这些都是人类躯体衰老不可抗拒的命运，如果你真下垂了，不要认为这是跑步惹的祸，也许不过是你真的老了。

### 46. 我是 D 杯，跑起来“上蹿下跳”怎么办？

一款专业的运动内衣，可以有效提供支撑和保护。C 杯及以下，耐克、阿迪达斯的运动内衣都有适中的价格款式供选择，D 杯以上则推荐国外的 Shock Absorber、Moving Comfort、Maia 等品牌。注意：一款合格的运动 Bra（内衣）至少应该在说明书上注明适用的罩杯和运动强度类型。

### 47. “大姨妈”来了可以跑步吗？

可以。很多人认为“大姨妈”期间，是身体最虚弱的时候，应该停止一切体育运动。但事实上，适度的体育运动，比如慢跑，可以缓解腹痛、情绪紧张。当然，答案不是绝对的，你的身体你做主，大姨妈来了，不想跑也不要勉强。

### 48. 我的屁股有点大，能通过跑步变小吗？

难说。会不会变小我不知道，但我敢保证，只要你坚持跑步，屁股的脂肪一定会变少，更加结实、有弹性。因跑步而拥有人人羡慕的翘臀并非一个遥不可及的梦。

### 49. 我已经怀宝宝三个月了，还可以跑步吗？

可以。跑步可以预防妊娠高血压等问题，有助于分娩。没有习惯性流产的女性，怀孕期间完全可以跑步，但要注意适量、慢速、补水，尤其要小心跌倒。如果你留心电视报刊，会看到不少怀孕的准妈妈参加路跑赛的身影。

### 50. 跑步能让我变得更加漂亮吗？

如果说脂肪少，体形匀称，皮肤有光泽，精力充沛，这些都是“漂亮”的一部分。那么，答案就是肯定的。

### 51. “爱爱”后能跑步吗？

没有谁说不可以。但一般认为“爱爱”消耗体力较大，最好隔上一天半日的再跑步。反之亦然。当然，世事无绝对，对那些体力充沛如长江大河般源源不竭之人，那就另当别论。据说有很多顶级联赛的足球、篮球运动员，每次走上球场之前，都会放肆“爱爱”一番。

### 52. 男人跑步伤“蛋蛋”，这事靠谱吗？

不靠谱。长时间的奔跑，蛋蛋的皮肤与内裤摩擦，可能会出现疼痛情况。只要注意休息、卫生，就会很快自愈，不会影响到生育功能。另外，穿一条质量靠谱的内裤，有助于减少摩擦，保护“蛋蛋”。

### 53. 据说跑步可以让人变成一夜十次郎，是真的吗？

跑步可以改善性能力。如果你原本就是一夜九次郎，那我相信因为跑步，是完全可以做到“九次”竿头再进一次，成为“十次郎”的。但如果你原本是十夜一次郎，要想上演惊天大逆转，那我想“跑步”不是那颗蓝色的小药丸，没有那么神奇。

### 54. 听说跑步能治不孕不育，我结婚三年了，老婆还没怀孕，我应该跑步吗？

跑步会提高精子活力，增加受孕概率。但它并非包治百病的特效药。医学上将有规律性生活超过一年，且没有采取避孕措施，但没有怀孕者，视为不孕不育。结婚三年老婆还没怀孕，应该先去看医生，遵医嘱，而非押宝跑步。

**55. 我是个新手，想跑一次全程马拉松，应该怎么办？**

无论你是新手老手，既然想要跑步，那么最重要的事情就是：换上跑鞋，出门去跑。跑了几次以后，再考虑装备、计划、赛事等。一般说来，如果你有一定的运动基础，比如经常打打篮球、羽毛球，那么每周跑 3～4 次，从一两公里开始，逐步加量，大约 4 个月以后，你就可以挑战全马了。只要你迈开了第一步，那么跑马就没有想象中的那么难。

**56. 跑龄已有两年，怎样才能知道自己可以去跑全马了？**

选一个周末，连续跑上 25 公里，并且第二天按时起床，安然下楼，挤公交去上班。如果这时你没有感觉寸步难行，那么恭喜你，你可以跑全马了，一定会在 6 个小时里跑完 42.195 公里。

## 57. 现在的马拉松赛事成百上千，如何选择我的“处马”？

中国田联每年都会发布全国马拉松赛事表。登录中国田联官方网站，或者关注一些跑步论坛、微信公众号，选择适合你的赛事，按时报名缴费即可。既然是“处马”，我的经验是选择一个离家近，交通方便，举办时节天气凉爽，相对成熟的赛事——那些第一次举办马拉松的城市，往往会因为欠缺经验，而在报名、领物、饮水点、赛道等环节上体验欠佳。

## 58. 第一次跑马，心情很紧张，有什么特别事项需要注意吗？

正式鸣枪的前两周，至少要跑一次 25 公里以上的里程。提前 10 天左右，开始大幅减少跑量。注意作息时间，调整身体节奏，补充碳水化合物，特别是“方便”的习惯——大部分马拉松赛都在 7 点左右鸣枪，这意味着你在 6 点，甚至 5 点就要起床洗漱，有许多新手因为临时早起，跑到中途腹痛难忍，疯狂地找厕所“方便”，结果闹得苦不堪言。比赛当天的早饭不要选择油腻食物，比赛中注意及时补水，按照日常训练的节奏跑，不要因为群情兴奋人来疯。对了，如果条件允许，最好在腋下、大腿内侧、胸口等部位抹上一点凡士林，否则几十公里跑下来，说不定会“长使跑者血满襟”。

## 59. 我以前喜欢在公路上跑步，现在想跑越野赛，有什么特别事项需要注意吗？

越野跑和公路跑，虽然都是跑步，其实差异不小。越野赛赛道更复杂，对身体协调性、注意力要求更高，跑鞋、服装的要求也不一样。请确保自己在参赛之前已经具备相关基础。短距离的越野赛，不要受伤即好，长距离的越野赛，常常要经历昼夜轮回，一定要充分研究赛道、补给点等信息。

**60. 第二天就要跑马了，我想“啪啪啪”，可以吗？**

记得有一首歌是这样唱的：没有什么能阻挡，你对“啪啪啪”的向往。在跑马前想“啪啪啪”怎么办，我还没有看到相关研究，但我知道在世界杯上，有些教练要求球员全面禁欲，但可惜最早打道回府的也往往是他们，比如2014年巴西世界杯上的西班牙、俄罗斯。“啪啪啪”可以缓解赛前的紧张情绪，是肯定的——所以，开心就好。

**61. 终于跑完了人生的第一个马拉松，累得一点都不想动！怎么办？**

不想动也要动！“处马”永远都是最难忘的。如果赛后不及时拉伸，不注意保暖，那么非常有可能染上感冒。赛后的第二天、第三天，最好上路小跑十几分钟，俗称“排酸”，促进身体更快恢复。

**62. 我喜欢跑步，多久参加一次马拉松赛比较好？**

“一天跑一个马拉松”“百马王子”“千马王子”的故事屡现媒

体。比如，2015年，中国著名的极限运动员陈盆滨，就在100天里，每天跑一个马拉松。我想，对于普通跑者来说，最重要的是明白一点：跑步，是生活的一部分，不是生活的所有。时间还长，一切可以慢慢来，完全不需要疯狂到一年跑十几个甚至几十个马拉松的地步。如果你有成为“百马王子”的雄心，那么从25岁开始，一年跑4个马拉松，50岁的时候，也就梦想成真了。

### 63. 听说超级马拉松比马拉松更牛，我可以跑吗？

我们一般将超过标准马拉松（42.195公里）距离的跑步赛事，称为超级马拉松。超马动辄100公里、200公里以上，一般都对参赛资格要求比较严。我一直觉得超马跑者是一群特殊材料做成的人，他们高高地站在跑者食物链的顶端，藐视众生。我还没有成功完成过一次超马赛，所以无法做出评判。超马跑者斯科特、曾华杰、胖胖熊等人都有传记出版，有兴趣者可以找来读一读，自我评判。

### 64. 我想请假去跑马拉松，可是领导不批准，怎么办？

如何成功地向领导请假，这个问题难度很大，绝对不亚于老婆为什么会生气。一般说来，贴心的马拉松赛都是在周六、周日举办，并且提前几个月就会公布赛程。提前高效高质地完成工作，然后有年假请年假，无年假请事假，无事假请病假。如果还不行，而你又觉得非跑不可，那么干脆写个“世界那么大，我想去跑跑”，卷铺盖走人好了。其实，除了那些加班成狂的公司和变态成魔的领导，一般不会遇到请假不准的情况。

**65. 每次看到跑马的 Cosplay（角色扮演）都很羡慕，我也想试试，怎样才能显得有逼格呢？**

牢记三点原则：颜值高、扮相潮、跑得快。对腐女来说，颜值高是决定性的因素；对屌丝来说，扮相潮则更吸引眼球；而对那些默默奔跑的跑者来说，最大的逼格其实只有一条：跑得快。

**66. 在跑马中，突然想“嘘嘘”，但是附近又没有厕所，怎么办？**

大路朝天，各尿一边。那些顶尖跑者是不会因为突然要尿尿就停下脚步找厕所的——和丢失冠军，刷不出 PB 相比，尿裤子一点也不丢人。对普通跑者来说，赛前记得要“嘘嘘”，真跑起来了，有厕所去厕所，没厕所只能找个小树丛了。北京马拉松曾经有过“尿红墙”的传统，可惜这几年被一排排的保安、铁马全面封杀了。

**67. “兔子”是什么？我也可以做“兔子”吗？**

马拉松赛中的“兔子”，是指配速员。330 的“兔子”，意指在 330 分钟左右跑完全程。只要跟随他的节奏，你就会在 330 分钟左右完赛。每次马拉松赛，主办方或者一些民间跑团，都会公开招募兔子。报名时一般需要提供历史成绩、生活照之类的资料，然后剩下的就是耐心等待好运气的降临了。

### 68. 喜欢跑马的究竟是一群什么样的人？

据新浪微博发布的2015年度跑者调研报告，马拉松跑者以年轻男性为主，年龄以18～35岁为主。有超过60%的跑者有一颗“跑马的心”，有超过一半的马拉松跑者跑马的次数多于1次，促使跑者走上马拉松跑道的原因，大多是“挑战”“展示”自己。另外，我觉得他们在性格上也有一些共同的特质，比如独立、善良、开朗、有韧性。

### 69. 我想带着6岁的儿子一起跑马拉松，可以吗？

不建议尝试。新闻里常有疯狂的虎妈狼爸带着小孩完成“跑步穿越中国”之类的梦想。但专家认为如果年纪太小，骨骼正在发育，还是少跑，或者以慢跑为佳。中国的马拉松赛，全程参赛者一般要求年满18周岁，半程则是年满16周岁。

### 70. 中国的马拉松赛越来越多，有哪些比较特别，值得一跑？

马拉松赛在中国呈井喷之势。2016年中国大陆的马拉松赛，有200多场，并且还在快速增长中。跑者可以多上跑步论坛，看看各地马拉松赛的口碑。一般说来，那些风景优美、交通方便、赛事服务贴心，有过举办历史的马拉松赛，值得不远千里一跑，比如无锡马拉松、上海马拉松、厦门马拉松、扬州马拉松等。

### 71. 准备出国旅行，顺便跑个马，国外有哪些有趣的马拉松赛推荐？

出国跑马拉松已经成为一种时尚。有许多旅行社、跑团都特别针对马拉松爱好者，组织跑马团，开辟专线。世界著名的马拉松赛事，首推世界马拉松系列赛（World Marathon Majors），也就是俗称的WMM“六大马”，即波士顿马拉松、伦敦马拉松、柏林马拉松、芝加哥马拉松、纽约马拉松、东京马拉松。此外，还有一些有趣的马拉松，比如希腊雅典马拉松是最原始的马拉松，朝鲜平壤的马拉松堪称最神秘的马拉松，法国波尔多梅铎红酒马拉松是最“醉”人的马拉松……

### 72. 有哪些名人跑过马拉松？

跑过全马的有村上春树、兰斯·阿姆斯特朗、小布什、爱德华·诺顿、奥普拉·温弗瑞、马英九、冯唐、毛大庆等。哦，对了，还有陈冠希。至于跑过半马、迷你马的那就数不胜数了。

### 73. 我的跑步基础几乎为零，想跑全马，有什么靠谱的训练计划推荐吗？

推荐霍尔·希格登的《马拉松终极训练指南》。霍尔·希格登是芝加哥马拉松官方训练计划的制订者，芝加哥马拉松原训练顾问，《跑者世界》的长期作者，也是参赛超过100场马拉松的老将。在

《指南》中，他为不同水平的跑者分别制订了一个 18 周的训练计划，只要照着计划按部就班地训练，18 周之后，你就能完成人生的第一个马拉松。

### 74. 跑步多了会让膝盖受损吗?

“跑步百利，唯伤一膝”，这也许是跑者中流传最广的一句话。它说出了部分真理。跑步时，每一次脚步落地，膝盖都要承受超过体重 2 倍以上的压力。长期跑步，当然有可能伤害膝盖。通过培养正确的跑姿，借助深蹲、拉伸等方法来加强腿部力量，可以有效防止膝盖受伤。另外，一旦感觉膝盖有恙，一定要及时休息，减少跑量，等到酸痛完全消失再上跑道。

### 75. 医生诊断我有抑郁症，建议多跑步，跑步真的能治抑郁症吗?

中国有超过 2000 万名的抑郁症患者。几乎所有的抑郁症患者都产生过自杀念头，这是一个被我们严重忽视的病症。跑步可以刺激内啡肽的分泌，使人身心愉快，改善抑郁症状，甚至能够治愈它。但我想特别强调，跑步并非包治百病的特效药，对抑郁症有没有效，还要因人而异。同样是抑郁症，万科前副总裁毛大庆就通过跑步成功战胜了它，但《死亡诗社》的主演、喜剧大师罗宾却失败了。

### 76. 跑步多了会不会骨质疏松？

不会。跑步会刺激骨骼，防止骨量流失，促进代谢，提供肌肉弹性。但如果你已经有骨质疏松的病症，最好以慢跑为主，多吃含钙、磷的食物。此外，跑步对高血压、冠心病、消化系统病症等都有较好地防治效果。

### 77. 昨晚睡觉着凉了，今天有些发烧，我还可以跑步吗？

感冒了，最重要的是休息，多喝热水。症状轻，仍然可以跑步；症状重，坚持跑步则可能患上心肌炎。“颈部法则”可以帮助你做出判断。当你感到不舒服的部位在颈部及以下，比如咽喉疼、咳嗽、胸闷、发冷、呕吐、腹泻，那就应该彻底停止跑步，好好休息。反之，当你感到不舒服的部位在颈部以上，比如流鼻涕、鼻塞、打喷嚏等，则仍可适量跑步。

### 78. 我是个胖子，可以跑步吗？

胖分三等：有点胖，非常胖，超级胖。胖到什么程度，可用身体质量指数（BMI）来衡量，体重（KG）除以身高（M）的平方。一般正常体型的BMI值在18～25之间，超过25可以算胖，超过28

则可以算是非常胖了。虽然没有人规定胖子不可以跑步，但胖子体重较大，“非常胖”以上，还是慢慢从散步、快走起步较好，循序渐进，逐步加量。跑步常被称为“有氧运动之王”，是非常有效的减肥运动。

### 79. 瘦子会不会越跑越瘦？我想长胖啊。

跑步会消耗大量的热量，如果不注意补充营养，确实会让你短时间内更瘦一些。但如果不是有厌食症，瘦到一定地步，就不会再瘦了，肌肉会变得结实，体型会匀称。那些顶尖跑者的身高一般在165 厘米、体重在 55 公斤左右。另外，长胖的秘诀是管不住嘴，迈不动腿。

### 80. 为什么跑完步后我会呕吐？

也许是跑岔气了，也许是跑快了，也许是跑多了，也许是你怀孕了，也许是吃多了……一般在跑步中，或者跑步后出现呕吐状况，大多是因为热身活动准备不足，跑步中张口呼吸了大量冷空气，或者饮食不当。如果三者皆非，且呕吐反复出现，则有必要就医。

### 81. 我喜欢喝可乐，能否跑前跑后各来一罐？这样刚好可以补充水分啊。

偶尔的放纵没关系。但如果每次跑步前后都喝一罐可乐，那你这趟“步”就白跑了。碳酸饮料热量高，易造成钙质流失，缺钙对跑者的双腿不是一件好事。

### 82. 长期跑步，有哪些食物适合跑者？

多素食，少大荤。几乎所有的优秀跑者，都是不同程度上的素食主义者。日常饮食中，多吃水果等，尽量少吃深度加工的食品，如蛋糕甜点。

### 83. 中午聚餐，小酌了几杯，很想去操场跑几圈，可以吗？

酒后跑步和酒后驾车一样，都是有百害而无一利的事情。有些跑者以为在跑步前小酌两口，会更兴奋，跑得更舒服。事实并非如此，酒后跑步会加重心肌负担，损害肝脏，肌肉更易疲劳。跑完步，许多跑者喜欢畅饮啤酒，危害其实也差不多。

### 84. 冬天里我跑完步，还敢立即冲个凉水澡，你看我牛掰不？

不看。刚结束跑步，毛孔都是张开的，凉水澡会刺激毛细血管迅速变小，影响供血，轻则头晕感冒，重则休克晕倒，这不是NB，是傻瓜。

### 85. 烟瘾比较大，跑步能帮助我戒烟吗？

据一项研究调查，曾经有人跟踪随访了2560位慢跑者，他们在用慢跑锻炼身体的同时意外地戒掉了烟瘾，其中有87%的烟民彻底告别了香烟。剩下的人主动吸烟的欲望也大大降低。日本作家村上春树，曾经烟瘾也很大，但在开始有规律的跑步以后，自然而然戒烟了。

### 86. 跑步真会影响婚姻生活吗?

前几年有个新闻，说美国中情局局长因为跑步和某女记者出轨，“跑出”婚外情，最后面临重罪指控。在我的身边，因为四处跑马，而忽略家庭的跑友也不时有闻。但相比于打牌、LOL，跑步的名声要好得多。你可以借去外地跑马，而带上家人一起旅游。

### 87. 儿子 2 岁，我想让他日后能陪我一起跑步，该怎样培训?

“陪伴是最长情的告白”，如果你热爱这项运动，你的孩子又怎么会感受不到? 有意识地讲授一些跑步知识，带他参加一些跑步活动，于细微之中慢慢培养兴趣。至于将来，他会不会也喜爱上，随缘就好。

### 88. 如何说服女（男）朋友跟我一起跑步?

前提是你不是单身狗，有一个女（男）朋友。有恋人陪跑，在我看来是跑步这项颇为枯燥的运动里最让人激动惬意的事。我试过无数次说服我的女朋友一起跑步，动之以情，诱之以利，但很抱歉，最后都失败了。

### 89. 我能通过跑步赚到钱吗?

不要幻想了。如果要走专业路线，那你的实力要强大到能进国家队；要走商业路线，则不仅实力出众，颜值也不能低。对普通跑者来说，这些都难以兼得，最可行的是尝试写几篇跑步方面的文章赚点稿费，向都市白领提供收费“陪跑”。但这些收入和每年几千块的跑步花销相比，则是九牛一毛了。

### 90. 跑步是不是可以帮我找到女朋友？

能。我听到过好几回这样的开场白：“那一年，我在 ×× 地跑步，遇到了……”因跑步而相识，喜结连理的并不少见。在知乎上有不少跑友现身说法。不过就像很多人以为的，弹吉他吹口琴会帮助自己找到女朋友，但事实是，真正帮他们的是才艺背后的风趣。

### 91. 跑步被狗追，怎么办？

如果你觉得自己比狗跑得快，那就跑吧。但保险起见，最好的办法是停下来，寻找身边有没有什么障碍物帮助你隐蔽，或者石块、木棍帮助你防身。切忌与它对峙，大喊大叫。如果狗主人也在，那就直接跑向狗主人求助。

### 92. 今晚月色很好，出门跑步会被月光晒黑吗？

不会。月球反射的是太阳光，但反射率非常小，即使是满月时候，月光中的紫外线强度也是非常有限的，不会将你晒黑。

### 93. 为什么在操场跑步，大部分人都是逆时针方向呢？

因为心脏在左侧，左转向更稳定，不易摔倒。但很多跑者都忽略了一个问题，当你在操场长时间逆时针跑圈，左腿压力会较大，容易受伤，最好逆时针、顺时针交替跑。路跑时也一样，一般公路路面右侧会比左侧略低，长期路跑也需要变换方向，以便左右腿均衡受力。

### 94. 有媒体报道“跑赢地铁”，我想尝试一下，可以吗？

“跑赢地铁”起于英国。2014 年，英国人赫普顿斯托尔突发奇想，决定与伦敦地铁比一下速度。他试图在地铁出站后，跑到下一个车站，再重新登上同一班车。最后，他花了 80 秒，完成了挑战。新闻传开，一时效仿者众多，有成功者也有失败者。我觉得要想跑赢地铁，关键因素有三：（1）两个地铁站之间的距离够短；（2）出站口便利，乘客稀少，跑者出站时间够短；（3）跑者跑得足够快。

### 95. 为什么周围跑步的人越来越多？

三个原因：人民富了；压力大了；媒体疯了。

### 96. 我已经 40 多岁了，现在开始跑步迟了吗？

种一棵树最好的时间是 10 年前，其次是现在。Maria Robinson（玛丽亚·罗宾森）也说过：“Nobody can go back and start a new beginning, but anyone can start today and make a new ending.”（没有人可以回到过去重新开始，但每一个人都可以从现在开始创造全新的未来）玛丽亚·罗宾森是谁？我也不知道。

97. **跑步路上遇见老人倒地扶不扶？**

2015年，在某电商网站上，某财产保险公司推出了“扶老人险”，一份只需要3元，保额2万元。目前，已售出6000多份。建议跑友们在路遇跌倒老人时，扶前买一份。

98. **朋友圈都在秀跑步，不喜欢跑步的我该怎么办？**

走自己的路，让别人打车去吧。

99. **南京有什么风景优美的跑步路线？**

最为人津津乐道的一条跑步路线，是环玄武湖路线。跑在玄武湖畔，身边是古城墙，远望有紫金山，波光渺渺，水天一色，分外动人。此外老山、方山等地也不错。

100. **如果用一句话来总结你的跑步生活，那是什么？**

“别管我，我只是个偶像派歌手。”（李志《鸵鸟》）

# 后 记

这是我的第一本书，说不定也是最后一本。它不够好，我知道。但怎么说呢？它是我的经历，是我在许多个日日夜夜里，一字一句亲手敲下的记忆。

我不是跑步大咖，没有冠军的传奇经历，也不太懂如何抬腿、迈步、呼吸的跑步教程。我只是一个非常普通的跑者，成绩普通、相貌普通、生活更普通。所以，这本书里的点滴，只是一个普通人在跑步时的一点普通感触罢了。

我开始跑步已经六年了。因为跑步，我熬过最低迷的日子，遇到过很多有趣的人，看到了从来没有想过的风景。它已经成为我生活的一部分。如果要列一个清单，写下一生中想跑过的地方，想看的风景，那么，我还远远没有到停下脚步的时候。

我想祝愿那些跑在路上的朋友，永远燃烧着好奇的火花，遇到逆流浅滩时奋力抗拒，千万别屈服、别放弃。无论何时何地，只要你想跑步，想要给人生一点改变，那么就迈开脚吧。

这本书能够出版，需要感谢很多人。这个名单很长，原谅我不能在这里一一列出，因为那将会冗长到令人绝望。因为这次写作，我感到了写作的艰难与友谊的可贵。谢谢大家。

李寅初

2016 年 9 月